Men without Women

沒有女人的男人

海明威 著
秦懷冰 譯

Men without Women
沒有女人的男人 目錄

【出版總序】

文學的陽光VS.生命的陰霾：
海明威和他的作品

著名文化評論家
陳曉林

一九五三年，海明威獲得諾貝爾文學獎，評獎委員會所公布的理由，主要是宣稱他對「小說敘事藝術那強而有力、饒具風格的精湛駕馭」；但事實上，眾所周知的是，海明威的作品之所以受到舉世讀者的喜愛與肯定，並非只因在文學技法上的精擅或突破，而更是由於在主題、內容和價值觀上，對現代西方文壇的衝撞和啓發。

就這個意義而言，因爲評獎委員們在視域和膽識上的保守自閉，以致一再與真正偉大的作家、作品失之交臂的諾貝爾文學獎，在當年頒給了海明威，固然是使海明威在文學創作上的成就得以實至名歸的適時之舉；然而，又何嘗不是這個獎藉著對海明威的文學譽望錦上添花，而自證其畢竟尚能慧眼識才的一次契機？事實上，到了海明威推出令世界文壇震撼的名篇《老人與海》之際，他在歐美文學界的地位，及在讀者大眾心目的形象，均已經戛戛獨絕，而且屹立不移了。

現代文學的掌旗人

長年以來，海明威是公認的現代主義文學旗手及二十世紀美國傑出作家；但海明威的作品何以既予人以戛戛獨絕的「存在」感受，而又能被推崇爲具有普世共通的「經典」意義，卻一直是個眾說紛紜的謎題。海明威作品的魅力，其實就潛藏在這個看似相當弔詭的謎題中。

包括不少詳研海明威生平的傳記作者，以及深入剖析海明威作品的文學評論家在內，一般咸認海明威是陽剛、勇敢、雄偉、簡潔、明朗的表徵，無論就人格特質或就寫作風格而言，均是如此。這當然是顯而易見的。不過，若是仔細參詳海明威生平及作品可資互相對映之處，便不難發覺：他在文學創作上一貫追尋、探索、表現某種令人神往的明朗與雄偉之境界，與他一直試圖克服生命中那種若隱若現、但呼之欲出的厭煩、壓抑與陰霾，乃是互有關連的情景。

換言之，海明威藉由文學創作來召喚生命的陽光，庶幾可以克服或抑制那些蠢蠢欲動的陰影。自小，海明威就擁有一顆特別善感的文學心靈，例如他在六歲時即對「人必將死亡」

一事有著獨特的感知，並爲之顫慄；又如他對性格專斷、不苟言笑、嚴持基督教規戒的母親在感情上十分疏離；對身爲醫生的父親在他幼年時帶著他狩獵、釣魚，養成了他日後熱愛大自然的性向非常感念，但對父親在母親面前窩囊瑟縮、一籌莫展，他則深惡痛絕，（**父親終於在長期壓抑後自殺，更是海明威一生未曾擺脫的夢魘**）。

海明威作品中，對「父與子」錯綜情結的反覆探索、對兒時與父親在湖畔度假、在印地安營地交朋結友的一再緬懷，都反映了他心中的陽光與陰霾在交互糾纏。

心靈善感，對生命的陰霾從小就有深刻的體驗；然而稟性英勇，面對死亡的挑戰非但毫不畏懼，還要主動迎上前去。這就是海明威人格特質的殊異之處，也正是海明威文學魅力的核心所在。十八歲，他欲從軍參加一次世界大戰，雖因視力不及格而未果，但他鍥而不捨，次年改以紅十字會救護員的身分投入歐洲戰場。結果卻在首次出勤時即奮不顧身地在炮火中搶救袍澤，敵方大炮轟來，他身中數百塊彈片，體無完膚，不啻死過了一次。後來，他更以報社記者的身分參加西班牙內戰及二次大戰，無不實際投身在隨時可能喪命的第一線。

海明威作品揭示的真相

對死亡敏感，卻不斷向死亡迎面挑戰，是海明威呈現的人生真相，也是海明威作品的重要主題。正因爲死亡是如此的可怖，戰爭是如此的殘酷，一個人要活下去，就必須對生命中正面的價值或意義，具有明晰的感應。然而，一切所謂神聖的、崇高的、正義的、偉大的宣示或鋪陳，其實都是詐騙；列強爲了爭奪資源和市場而狗咬狗的世界大戰，動輒就殺傷上千萬的無辜軍民。在歐洲戰場，海明威看透了英美方面和德義方面都是一丘之貉；然而，人生畢竟需要有救贖，需要有陽光。而愛情的喜悅、審美的意趣，就成爲海明威筆下的殘酷世界中最動人、也最引人的救贖。

從《戰地春夢》到《戰地鐘聲》，再到後期的《渡河入林》，海明威作品一方面揭露了望之儼然的西方文明在本質上所體現的詐騙性與殘酷性，另方面則以愛情和審美作爲現代人生所剩餘的唯一救贖。他和《大亨小傳》的作者費茲傑羅、《荒原》的作者艾略特等名家，被歐美文壇公推爲「失落的一代」，無非是由於他們以敏銳的文學心靈洞徹了現代人的真實處境，以及現代文明的虛無本質。有了海明威等人，現代文學及時出現了在主題和技法上均迥異於傳統文學的「群聚效應」，足以與現代主義的藝術潮流交光互映了。

愛情、戰爭、冰山理論

戰爭、愛情、死亡、狩獵、鬥牛、拳擊、海洋、捕魚……大抵是海明威作品中恆常呈示的場景；以文學創作來召喚生命的陽光與救贖，則是他念茲在茲的題旨。然而，母題儘管顛撲不破，海明威卻精擅於以多重的變奏來敘述故事，鋪陳情節，從而營造出他所獨具的風格與氛圍。以愛情這個母題而言，除了《戰地春夢》的摯愛悲情、《戰地鐘聲》的生死契闊之外，如《太陽依然昇起》的荒蕪之愛、頹廢之美，《伊甸園》那放浪形骸到近乎變態的畸愛，均是別開生面的敘事。而即使同為以成長、啓蒙、洞察真實人生為題旨的短篇小說集，《勝利者一無所獲》、《沒有女人的男人》與《尼克的故事》也皆有各自獨具的結構和意涵。《有錢‧沒錢》更為嘲謔貧富懸殊的現代社會，及由此衍生種種不公不義的人生情境，提供了極尖銳的小說範本。

而海明威能夠如此「強而有力、饒具風格」地駕馭他的作品，主要關鍵在於他對敘事文體的運用，一貫要求做到「極簡」。他出身於報社記者，當年駐外記者報導新聞，為了節省經費，採用所謂「電報體英文」，避用形容詞、副詞，只要精簡明瞭、直接達意即可。海明威在撰寫文學作品時體悟到：「極簡」反而可以創造出獨有的、明朗的風格，故而他刻意以「電報體」作為自己主要的敘事語言；並由「極簡」風格的文字敘述，進而提煉出他自己獨樹一幟的文學創作論綱，即「冰山理論」。海明威認為，文學作品的敘事，除了刻畫必要的場景，便只需寫出動作和對話即可，其餘的一切，應留待讀者自行感知和領會；因此，好的文學作品猶如一座浮在海面的冰山，敘述出來的只有八分之一，另外的八分之七則不需贅述，有如冰山留在海面下的主體。

「冰山理論」的輝煌例證，當然就是為海明威博得舉世稱道的《老人與海》了。這個情節極單純、但寓意極豐富的中篇小說，迄今仍是英美各名校的文學系必讀必研的小說典範。

海明威對生命的終極體悟：「人可以被毀滅，但不可被打敗」，便出現在其中。看來，海明威以文學的陽光克服生命的陰霾，也是在本篇中臻於登峰造極之境。

賞味《沒有女人的男人》：
變調的命運之歌

秦懷冰

海明威以第一部長篇小說《太陽依然上昇》在歐美文壇奠定其地位，並躍升爲暢銷書作家之後，繼而又出版了風格冷凝、內斂的短篇小說集《沒有女人的男人》。此書博得文學批評界的熱烈好評，不論傳統或新潮的評論者均認爲，海明威在對生命的深度透視與對文字的精準掌握之間，已達到了完美的均衡。海明威的才華，至此獲得公認。

雖然，由於在同一時間出版的長篇小說《戰地春夢》造成了極大的轟動效應，相形之下，短篇集《沒有女人的男人》在讀者心目中的地位便不如海明威那些撼動千萬人心、掀起漫天風濤的長篇反戰作品；然而，若純就文學素質而言，短篇小說其實才是他最能發揮創意的體裁，而這個集子所呈示的十四個短篇，皆是海明威的精意覃思之作。

這十四篇作品，其實已展現了海明威在小說創作上所獨具的意念與風格。首先，海明威作品所堅持的「寫實性」，貫徹了全部的篇章。其次，沒有任何故弄玄虛的抽象理念，但絕不淡化小說作品的「故事性」。再其次，所運用的文字和所營造的氣氛，均力求內斂、客觀，以致「冷凝性」成為作品的鮮明特色。

更重要的是，分明均為高度寫實的故事，卻又餘韻悠然，往往留下某種「命運感」或「寓言感」，可讓耐心咀嚼的讀者回味無窮。雖然，古往今來的經典文學作品大抵均有這樣的魅力，但出版這部集子時，海明威尚不滿卅歲，卻已能執簡馭繁，舉重若輕，在文學創作上建立自己的獨特風格，無怪乎歐美文壇不斷有人稱譽他是天才型的作家。

「沒有女人的男人」，顧名思義，在理念上表現的是陽剛的、豪邁的、無所顧忌的行徑；而不容諱言，由於缺乏陰柔的、美麗的、溫馨寬容的維度，這樣的行徑通常會導致自己趨於孤僻，或與人發生衝突，甚至帶來悲劇性的命運。

例如，在「不敗者」中，甫才出院的鬥牛士，為了生計，也為了虛榮，寧可將報酬降到最低，懇求上場鬥牛，結果觀眾不再為憔悴落魄的他歡呼，氣沮之餘他終於又落得慘敗，被牛牴傷，黯然送回醫院。然而，「不敗者」真的敗了嗎？抑或，他將化身為《老人與海》中的老人？又如，「五十張千元大鈔」中的拳擊手，又何嘗不是面對悲慘現實而仍奮戰到底的戰鬥者，他們的際遇又何嘗不是一曲曲變調的命運之歌？

此外如「阿爾卑斯山牧歌」、「像白象的群山」等名篇，也都充斥著直透人性深處、看去怵目驚心的悲愴之感與命運之歌。深山中的牧民與世隔絕，不識人間禮儀，妻子死後他的荒謬舉措，映現的其實是生命的原始感情，然而，這在文明社會中人看來，卻竟是何等的恐怖？在酷熱的河邊等車，男人不斷絮絮叨叨地勸女人墮胎，渾不顧及此時的女人內心充滿了恐懼與厭煩；終於，他那些一再旁敲側擊、迂迴逃避責任的話語引起了女人的強烈反感，「請、請、請、請、請、請、請你住嘴好嗎？」海明威在此連用七個請字，真是筆力千鈞！

這個集子裡收入了海明威最受矚目的短篇名作「殺人者」，這是他一系列以尼克．亞當（Nick Adams）爲主角的自傳性短篇之一，也是他在寫作上提倡「冰山理論」的實踐範例，將在賞味《尼克的故事》時再作評析。

一

不敗者

孟紐爾．賈西亞爬上樓梯，到達雷塔納先生的辦公室。他把手提箱放下，敲了敲門。沒有人應門。孟紐爾站在通道上，覺得裡面有人。他從門口窺探裡面的情形。

「雷塔納，」他一邊呼喚，一邊傾聽。

沒有人回答。

他一定在裡面，沒錯，他這樣想。

「雷塔納。」他搥打著門。

「誰呀？」辦公室裡有人叫道。

「是我，孟諾洛，」孟紐爾說。

「你有什麼事？」裡面的人問道。

「我來找工作，」孟紐爾說。

門卡嗒卡嗒響了幾聲，打開了，孟紐爾走進辦公室，手上提著手提箱。

一個小個子坐在屋裡遠處的一張辦公桌後面。門上方有隻公牛頭標本，是馬德里製革師剝製的；四面牆上掛有鑲上鏡框的照片與鬥牛海報。

小個子坐在那兒望著孟紐爾。

「我以爲他們已經殺死了你，」他說。

孟紐爾用手指關節敲著桌子，小個子在桌子對面坐著望他。

「今年你鬥了多少次牛？」雷塔納問。

「一次，」他回答說。

「僅僅一次？」小個子問。

「僅僅一次。」

「我在報紙上看到了，」雷塔納說。他向後仰靠在椅子上，望著孟紐爾。

孟紐爾則仰望著那隻牛頭標本，以前他常見到過它。他對那隻牛頭像對家人那樣感興趣，那隻牛曾戳死了他的一個兄弟，一個前途遠大的兄弟，那大約是九年前的事。那一天孟紐爾記得很清楚。在那牛頭標本所嵌鑲的橡木板上有一塊銅牌。孟紐爾不識字，但他想像得到那是紀念他那兄弟的文字。嗯，他活著時是一個好小子。

銅牌上記載的是：「維拉瓜公爵所擁有的綽號叫『蝴蝶』的公牛，身受從七匹馬上射過來的九支劍，因而使得安東尼奧．賈西亞死於諾維里洛鬥牛場上，時爲一九〇九年四月二十七日。」

雷塔納看見他望著那隻牛頭標本。

「公爵在星期天送到我這裡的那一批牛真是丟人，」他說。「牠們的腿都有毛病。人們在餐館怎麼說？」

「我不知道，」孟紐爾說。「我剛進去。」

「是的，」雷塔納說。「你還提著手提箱。」

他望著孟紐爾，身體仰靠在大辦公桌後的椅子上。

「請坐，」他說。「摘下你的帽子吧。」

孟紐爾坐下來，摘下帽子，他的臉色變了，看起來蒼白無比。他把皮夾克往頸子上拉高以免別人看出隱藏在帽下的難看臉色，但這樣反使他看起來怪怪的。

「你臉色不好，」雷塔納說。

「我剛從醫院出來，」孟紐爾說。

「我聽說他們切掉了你一條腿，」雷塔納說。

「沒有，」孟紐爾說。「我沒問題了。」

雷塔納從辦公桌後頭向前傾，把一個煙盒推向孟紐爾。

「抽根菸吧，」他說。

「謝謝。」

孟紐爾點燃香菸。

「你抽嗎？」他說道，把火柴遞給雷塔納。

「不抽，」雷塔納搖搖手。「我從來不抽菸。」

雷塔納望著他抽菸。

「你爲什麼不找份工作做？」他說。

「我不想做別的工作，」孟紐爾說。「我是個鬥牛士。」

「不再有鬥牛士了，」雷塔納說。

「我是一個鬥牛士，」孟紐爾說。

「是的，但只有在鬥牛場那邊才是，」雷塔納說。

孟紐爾笑笑。

雷塔納坐著，沒有說什麼，望著孟紐爾。

「如果你願意，我給你一次夜場的鬥牛表演，」雷塔納建議說。

「什麼時候？」孟紐爾問。

「明天晚上。」

「我不願當別人的替身，」孟紐爾說。因為當別人替身的鬥牛士常遇害，那也是沙爾瓦多遇害的原因。他用手指關節敲著桌子。

「那是我所能提供的唯一機會，」雷塔納說。

「為什麼不把我安排在下個星期呢？」孟紐爾提議說。

「你不必說了，」雷塔納說。「他們要的是李屈、拉比托和拉托雷，那些年輕人很棒。」

「人們會來看我鬥牛的，」孟紐爾滿懷希望地說。

「不，他們不會的，他們不再知道你是誰了。」

「我經驗豐富，」孟紐爾說。

「我安排你明天晚上出場好了，」雷塔納說。「你可以和年輕的休南狄茲一起出場，並在恰洛茲兄弟後殺兩隻小牛。」

「誰家的小牛？」孟紐爾問。

「我不知道，不管什麼貨色，總之是他們弄進畜欄來的就是了。那是白天通不過獸醫檢查的貨色。」

「我不喜歡當替身，」孟紐爾說。

「你可以接受也可以不接受，」雷塔納說，他向前傾側，以報紙擋住身子，他不再感興趣了。孟紐爾的請求一度使他想到過去的輝煌歲月而動心，那個時代畢竟已經過去。他要孟紐爾代替拉里達，只因爲他的酬勞比較便宜，當然他也可以用便宜的酬勞請到別人，但是他多少想要幫孟紐爾一把。因此他仍給了他這個機會，一切都由他自己決定。

「給我多少酬勞？」孟紐爾問。他仍在耍不願接受的花招。但是雷塔納知道他不會拒絕。

「兩百五十披索，」雷塔納說。他本想說五百，但是當他開口時卻說了二百五十。

「你付給維拉爾塔不是七千嗎？」孟紐爾說。

「你不是維拉爾塔，」雷塔納說。

「我知道，」孟紐爾說。

「他還拒絕呢，孟諾洛，」雷塔納解釋說。

「當然，」孟紐爾說。他站起來，「給我三百如何，雷塔納？」

「好吧。」雷塔納同意了。他伸手到抽屜裡取出一份文件。

「你現在可以給我五十嗎？」孟紐爾問。

「當然可以，」雷塔納說。他從小皮夾裡拿出一張五十披索的鈔票，攤平在桌子上。

孟紐爾把鈔票放入他的口袋裡。

「助理團的人手怎麼樣？」他問。

「那些孩子常爲我的夜間鬥牛表演工作，」雷塔納說。「他們都很不錯。」

「那麼，騎馬的劍手呢？」孟紐爾問。

「他們身手平平，還過得去，」雷塔納說。

「我需要一個優良的助理劍手，」孟紐爾說。

「那麼，由你自己挑選吧，」雷塔納說。「你去挑選一個。」

「不是從這個劍手助理團挑選，」孟紐爾說。「我不會付給這個劍手助理團任何人六十杜洛。」

雷塔納沒有說話，從大辦公桌後望著孟紐爾。

「你知道我需要一個好的助理劍手，」孟紐爾說。

雷塔納沒有說話，只是凝望著孟紐爾。

「如果沒有，那是不妥當的，」孟紐爾說。

雷塔納仍然在考慮，他依在椅子上，仔細的思考。

「只有普通的助理劍手，」他提出。

「我知道，」孟紐爾說。「我知道你那些普通的助理劍手身心不怎麼樣。」

雷塔納沒有笑，孟紐爾知道話已到了盡頭。

「我所要求的只是公平的機會，」孟紐爾合情合理地解釋說。「當我出場時，我要能夠叫助理在牛身上插進幾支劍才行。只要深中一劍就好了。」

他是跟一個已經不再聽他講話的人在說話。

「如果你需要額外人員，」雷塔納說。「去找就是了。那邊有的是正規的助理人員。如果你需要，你也可以帶幾個自己的劍手。十點半終場。」

「好吧，」孟紐爾說。「你覺得要這樣辦就這樣吧。」

「就這樣辦，」雷塔納說。

「明天晚上見，」孟紐爾說。

「我會在那裡，」雷塔納說。

孟紐爾提起手提箱走出去。

「把門關上，」雷塔納叫道。

孟紐爾回顧了一下。雷塔納靠前望著文件。孟紐爾卡噠一聲拉上門。

他步下樓梯，走出大門，進入熱而明亮的街道。街上很熱，陽光照射在白色的房屋上，立即使他的眼睛感到酸澀。他走到陡坡街面的陰影處，向匹塔匠爾梭爾走去。陰影濃郁而涼爽，有如流水。他越過交叉口後突然又熱起來了。經過他身邊的人，孟紐爾連一個也不認得。

就在匹塔匠爾梭爾前他轉入一家餐館。

餐館裡很靜。有幾個人坐在靠牆的桌邊。有四個人在一張桌子上玩牌。大部分的人都靠牆坐著抽菸，咖啡杯是空的，他們面前桌子上的酒杯盛滿了酒。孟紐爾走過一間長廳，向後面一間小房子走去。有個人坐在角落桌邊睡著了。孟紐爾選了張桌子坐下。

一個服務生過來，站在孟紐爾的桌邊。

「你見到蘇瑞托嗎？」孟紐爾問那個服務生。

「他午餐前來過，」服務生回答說。「五點鐘以前他是不會回來的。」

「給我來杯咖啡加牛奶和一杯酒，」孟紐爾說。

服務生端了一個盤子回來，盤子裡有一個大咖啡杯和一只酒杯，他的左手還拿著一瓶白蘭地，他把這些東西擱在桌子上。一個男孩跟他進來，提著兩隻長柄壺，把咖啡和牛奶倒入大咖啡杯裡。

孟紐爾脫下帽子，服務生注意到他頭上的辮髮。當男孩在孟紐爾的咖啡杯旁邊那只小玻璃杯倒白蘭地的時候，孟紐爾對他眨眨眼。男孩好奇地望著孟紐爾蒼白的臉孔。

「你是在這裡鬥牛的嗎？」服務生問，一邊將酒瓶塞蓋上。

「是的，」孟紐爾說。「明天表演。」

服務生抓著一瓶酒站在那兒。

「你在查理卓普林斯表演？」他問道。

看到他的表情，男孩不好意思地將視線移開。

「不，在普通的場地。」

「我想大家都會看到齊維斯和休南底茲，」服務生說。

「不，我和其中一個。」

「誰？齊維斯或休南底茲？」

「我想是休南底茲。」

「齊維斯怎麼了？」

「他受傷了。」

「你從那裡聽來的消息？」

「雷塔納。」

「嘿，羅伊，」服務生向隔壁房間叫道。「齊維斯受傷啦。」

孟紐爾撕開糖塊的包裝紙，把糖放入咖啡裡，攪一攪，喝著咖啡。香甜的熱咖啡溫暖了他空空的肚子。他又喝下了白蘭地。

「再來一杯，」他對服務生說。

服務生打開瓶塞，把酒倒滿玻璃杯，把托盤上的也斟滿。另一位服務生走到桌前，男孩走開了。

「齊維斯傷得厲害嗎？」第二個服務生問孟紐爾。

「我不知道，」孟紐爾說。「雷塔納沒有說。」

「他向來都很小心，」那高個子服務生說。孟紐爾以前沒有見過他。他一定是新來的。

「如果你在這個鎮上與雷塔納一起工作，你便是個成功的人，」那個高個子服務生說。

「如果你不跟他在一起，你只好跑到鎮外去自殺。」

「你說得對，」另一個服務生走進來說。「你說得對。」

「你認爲我說得對，這是當然，」那個高個子服務生說。「當我談論那個傢伙時，我知道我在說什麼。」

「看看他怎樣對待維拉爾塔，」第一個服務生說。

「就是那麼回事，」那個高個子服務生說。「看看他怎樣對待馬雪拉蘭達，看看他怎麼對待納西安諾。」

「你說得對，小子，」那個矮個子服務生同意說。

孟紐爾望著他們，他們站在桌前說話，他喝了第二杯白蘭地，他們已經忘記了他。他們對他並不感興趣。

「看看那幫子駱駝，」那個高個子服務生繼續說。「你曾經見過納西安諾二世嗎？」

「我不是上星期日見過他嗎？」原先那個服務生說。

「他是頭長頸鹿，」那個矮個子服務生說。

「我不是跟你說過嗎？」那個高個子服務生說。「那些就是雷塔納的人。」

「嘿，再來一杯，」孟紐爾說。他把托盤中玻璃杯裡的那一杯，在他們談話時喝掉了。

原先的那個服務生很擔憂地斟滿了他的杯子，他們三個談著走出房間。

角落裡的那個人仍在睡覺，吸氣時略微打著鼾，他的頭向後靠在牆上。

孟紐爾喝下白蘭地，他也覺得想睡。進城實在太熱了，再說也沒有什麼事情要辦，他只想看看蘇瑞托。當他等候的時候，他可以打個瞌睡。他踢踢桌子下的手提箱確定還在那兒。最好是把手提箱擺在座位後靠牆。他彎腰把手提箱移動。而後他倚在桌前入睡了。

當他醒來時，桌子對面坐著一個人，那是個大個子，深棕色的臉像印第安人。他已經坐在那兒一段時間了。他把服務生叫開，坐在那兒讀報紙，偶爾望望在睡覺的孟紐爾，孟紐爾頭靠在桌子上。他很費力地讀報紙，嘴巴像是唸出聲音的樣子。當他讀累了，就望望孟紐爾。他沉重地坐在椅子上，黑色大草帽向前壓低。

孟紐爾坐直，望著他。

「哈囉，蘇瑞托，」他說。

「哈囉，小伙子，」大個子說。

「我睡了一覺，」孟紐爾用手臂擦擦前額說。

「我想大概是你。」

「一切順利？」

「還好，你呢？」

「不太好。」

他們沉默了下來。劍手蘇瑞托望著孟紐爾蒼白的臉。孟紐爾望著劍手用他那巨大的手，把報紙摺起來放入口袋中。

「我請你幫個忙，曼諾斯，」孟紐爾說。

曼諾斯是蘇瑞托的綽號，一想到他的綽號就會想到他那雙大手，他把那雙大手有些尷尬地放在桌前。

「我們喝一杯吧，」他說。

「當然，」孟紐爾說。

服務生在那兒走來走去。他走過這個房間看到兩個人坐在桌邊。

「怎麼回事，孟紐爾？」蘇瑞托把杯子放下。

「明天晚上你能爲我把劍刺在兩頭牛身上嗎？」孟紐爾隔著桌子仰望著蘇瑞托。

「不行，」蘇瑞托說。「我已不做劍手了。」

孟紐爾低視著酒杯。他早已經料到他會這樣回答。現在他果然這樣回答了。嗯，他的確這樣回答了。

「很抱歉，孟紐爾，但是我已不再做劍手了。」蘇瑞托望著他那雙手。

「好吧，」孟紐爾說。

「我太老了，」蘇瑞托說。

「我只是請求你，」孟紐爾說。

「是明天夜場嗎？」

「是的。我在想，如果有一劍刺中，這回我就可以獲勝。」

「可得多少酬勞？」

「三百披索。」

「我擲劍的酬勞都比你多。」

「我知道，」孟紐爾說。「我沒有權利請求你。」

「你爲什麼還要幹這一行？」蘇瑞托問。「你爲什麼不停止鬥牛生涯，孟紐爾？」

「我不知道，」孟紐爾說。「我必須幹這一行。如果我撐得住，我就可以過得安適，這是我所需要的。我非幹不可，曼諾斯。」

「我勸你不要幹了。」

「哼，我要幹，我掙扎過想不幹了，但不甘心。」

「我知道你的感覺，但那是不對的，你應該退出局外不再參與。」

「我辦不到，再說，我近來情況也好轉了。」

蘇瑞托望著他的臉。

「你一直住在醫院裡。」

「但正因爲我受傷了，我才越來越有名氣。」

蘇瑞托沒有說什麼，他倒了一些干邑白蘭地到他的玻璃杯裡。

「報紙上說，他們從未見過更好的鬥牛演出。」孟紐爾說。

「你已經老了，」劍手說。

「不，」孟紐爾說。「你比我還大十歲。」

「就我來說，那是不一樣的。」

「我還不太老，」孟紐爾說。

他們默默坐著，孟紐爾望著劍手的臉。

「在我受傷之前，我是第一流的。」孟紐爾提示道。

「你應該看過我表演，曼諾斯，」孟紐爾又以責備的口氣說。

「我不要看你，」蘇瑞托說。「那會使我緊張。」

「你最近一直沒有看我表演。」

「我看過你很多次。」

蘇瑞托望著孟紐爾，避免與他的眼光接觸。

「你應該收山了，孟紐爾。」

「我不能，」孟紐爾說。「我告訴你，我現在的情況已轉好了。」

蘇瑞托身子向前傾，兩隻手放在桌子上。

「好吧，我爲你刺劍，如果你明晚表演不怎麼樣，你就從此退出，如何？你辦得到嗎？」

「當然。」

蘇瑞托向後靠，鬆了一口氣。

「如果不行，你就必須退出，」他說。「不可耍賴，你一定要退出。」

「我不會退出的，」孟紐爾說。「我知道，我一直是很有份量的角色。」

蘇瑞托站起來，他討厭爭辯。

「你一定得退出，」他說。「我自己就會退出你的助理團。」

「不，你不可以，」孟紐爾說。「你不會有機會的。」

蘇瑞托叫服務生來結帳。

「走吧，」蘇瑞托說。「我們到家裡去。」

孟紐爾伸手到椅子下去摸手提箱。他很高興，他知道蘇瑞托會爲他刺劍，他是目前最好的劍手，現在一切都好辦了。

「走吧，到家裡去，我們一同用餐，」蘇瑞托說。

孟紐爾站在馬欄裡等候查理卓普林斯表演完畢，蘇瑞托站在他旁邊，他們站的地方很暗，那扇通往鬥牛場的大門關閉著。他們聽到頭頂上方看臺上的人發出喊叫聲，而後是一陣笑聲。再後又沉寂下來了。孟紐爾喜歡馬欄、馬棚的氣味。在黑暗裡那氣味聞起來很舒服。看臺上又傳來一陣高叫的聲音，而後是掌聲，接著還是掌聲，一陣接一陣。

「你見過這些傢伙嗎？」蘇瑞托問，他在黑暗中站在孟紐爾身旁，像是一隻龐然巨物。

「沒見過，」孟紐爾說。

「他們是些很有趣的人，」蘇瑞托說，他在黑暗中微笑著。

通往鬥牛場那高大厚實的門推開了，孟紐爾看見鬥牛場的環形燈光非常強烈，廣場附近卻很幽暗。兩個穿著像流氓的人在鬥牛場內邊緣跑著，還一邊鞠躬，後面跟著的人穿著像旅店服務生的制服。彎腰拾起拋在沙地上的帽子和拐杖，又把這些東西往上拋向黑暗中。

燈光照到了馬欄那邊。

「我騎上這些馬中的一匹，你去召集其他的夥伴，」蘇瑞托說。

在他們的後面有幾匹騾子，發出叮叮噹噹的鈴聲，走進競技場中去裝載死牛。

幾個助手已從座位與柵欄之間的通道看到了那幕滑稽戲，他們往後走，站在一起在馬欄的電燈下交談。一個俊秀的少年穿著銀色橘黃色相間的西服，笑著走到孟紐爾這邊來。

「我是休南底茲，」他說著伸出他的手。

孟紐爾與他握手。

「這些是我們今晚所能找到的合格的『象』，」少年高興地說。

「牠們是長角的大型怪物，」孟紐爾同意說。

「也是你曾鬥過的最兇猛的傢伙，」少年說。

「牠們愈大，窮人就愈有肉吃，」孟紐爾說。

「你從那裡弄來那個傢伙？」休南底茲露齒而笑。

「那是個老傢伙，」孟紐爾說。「你把你的助理團列隊一下，讓我看看我有些什麼角色。」

「我給你找來一些好角色，」休南底茲說。他非常高興。他在夜場之前已經上場兩次，他在馬德里已有一班跟他的人，他很高興幾分鐘之內鬥牛就要開始了。

「劍手在那裡？」孟紐爾問。

「他們回到柵欄那邊爭奪漂亮的馬匹去了，」休南底茲露齒笑著說。

一群騾子經過大門急急進來，隨後進來的是鞭子聲和叮叮噹噹的鈴聲，以及小公牛在沙地上用蹄子劃出的一道道淺溝。

當公牛跑出時，牠們列隊進行。

孟紐爾和休南底茲站在前面，助理團的年輕人在後面，他們那些厚重的披肩托在手臂上。四個劍手穿黑色衣服，騎著馬，手持鋼劍。這些鋼劍豎立在柵欄半陰暗的地方。

「令人納悶的是，雷塔納沒有給我們足夠的燈光以便看清鄰近的馬匹，」一位劍手說。

「他知道如果我們看不太清楚鄰近的馬匹，我們反而會高興些，」另一位劍手回答說。

「這種事，我很難明瞭個中原委，」第一個劍手說。

「好啦，總之都是些馬匹罷了。」

「當然，都是些馬匹。」

他們坐在黑暗中的瘦馬上談著。

蘇瑞托沒有說什麼，唯有他騎的是健壯的馬。他在馬欄裡，用馬刺和鞭子試過牠的反應。他已經把牠右眼上的布巾解開，又切斷牠耳朵上的縛繩。那是一匹壯實的好馬，尤其是馬腿結實有力，這是他所需要的馬。他本想騎著牠在馬欄裡試跑一圈，但牠已經繞了一圈，他騎上去，騎在那寬大而有墊子的馬鞍上，在黑暗中等待著，心中暗忖：自己巡行在助理團中，一到時候就搶先投擲出劍。他兩邊的劍手在談論，他沒有聽他們講話。

兩個鬥牛士一起站在三個跟班前面，他們的披肩都捲夾在左臂。孟紐爾在想他後面的三個小伙子，他們和休南底茲一樣都是馬德里年輕人，大約十九歲。其中一個是吉普賽人，威嚴高大，黑黑的臉，他很喜歡他的樣子，他轉過身來。

「你叫什麼名字，小伙子？」他問那個吉普賽人。

「斐安底斯，」那個吉普賽人說。

「好名字，」孟紐爾說。

吉普賽人露齒笑笑。

「當牛出來時，你逗牠跑一陣，」孟紐爾說。

「好的，」吉普賽人說，他的臉色沉重，他在想他該怎麼做。

「牛出來了，」孟紐爾對休南底茲說。

「好，我們走吧。」

隨著音樂他們騎馬向前，他們的右臂自由擺動，他在環形燈光下直奔環形競技場的沙地，助理團員散開在後面，劍手騎著馬緊跟在後，再後面便是鬥牛場的僕役和帶有鈴鐺的騾子。當他們橫越環形競技場時，觀眾向休南底茲鼓掌喝彩。當他們前進時，意氣昂揚，浩浩蕩蕩，眼睛直往前看。

他們在主席面前欠身敬禮，行列展示在他們的對手面前。鬥牛士越過了柵欄，取下斗篷，換上鬥牛用的輕便披肩。騾子牽出去了，劍手嬉笑著快跑繞場，有兩個人騎出柵門，僕役將沙土掃平。

孟紐爾將雷塔納的代理人爲他倒的一杯酒飲下，這位代理人是雷塔納的經理兼保鏢，休南底茲過來跟經理說了幾句話。

「你有一個好助手，夥計，」孟紐爾誇獎他說。

「他們都像我一樣，」休南底茲高興地說。

「這次要如何進行？」孟紐爾問雷塔納的代理人。

「像進行婚禮那樣，」那位代理人說。「呃，你就像約西里托和貝爾蒙第那樣出來。」

蘇瑞托騎行在旁邊，彷彿一座巨大的騎馬雕像，他在繞圈兜行，面對著他們出來的那個鬥牛場柵欄口，這情景在環形燈光下顯得很奇怪。蘇瑞托曾在炎熱的午後的那一場賺過大錢，他不喜歡在這種環形燈光下做事，他希望他們快點開始進行。

孟紐爾向他走過來。

「擲劍，曼諾斯，」他說。「爲我把牠的氣勢壓下來。」

「我會擲的，夥計，」蘇瑞托向沙上吐口痰。「我會叫牠痛得跑出場外去。」

「靠近牠，曼諾斯，」孟紐爾說。

「我會靠近牠，」蘇瑞托說。「怎麼掌握牠？」

「牠現在過來了，」孟紐爾說。

蘇瑞托騎在那兒，他的腳踏著馬蹬，那雙巨大的腿用皮革裹著，夾住馬腹，他的左手拿著韁繩，右手握著長劍，他的寬邊帽壓低蓋在眼上，以遮住燈光，但他的眼睛直望著遠處那道柵欄，他的馬耳朵在顫抖，蘇瑞托用左手輕拍著牠。

柵欄的紅門向後甩開了，蘇瑞托從競技場直望著對面空曠的通道，只見那隻公牛急急衝出，牠進入燈光下，四肢揚起塵土，隨後一陣猛烈奔馳。在猛烈奔馳中，卻表現出柔和的步調，除了牠的蹄聲和喘氣的鼻聲之外，一切都非常寂靜；牠從陰暗的柵欄中衝出來，因爲自由奔馳而顯得十分高興。

先鋒報的鬥牛評論家坐在前排位子上，有一點不耐煩，向前傾身，在他的膝蓋上這樣寫道：「出賽者，黑牛，四十二號，勁道足，每小時可跑九十哩——」

孟紐爾靠在柵欄板上望著公牛，揮著手，吉普賽人跑出來，拖著他的披肩。正在全力奔馳的公牛，開始跟著披肩繞行，牠的頭向下，尾巴豎起。吉普賽人循著鋸齒形前進，當他經過牠身邊的時候，公牛看見了他，於是牠放棄披肩而去追人。吉普賽人跳到柵欄板那邊去了，公牛的角撞上了柵欄板。牠用牠的角鑽入柵欄板兩次，盲目地將柵欄板撞得砰砰發響。

先鋒報的評論家燃起了一枝菸，把火柴拋到公牛身上，而後在他的筆記本上寫著：「夠大的兩隻角使花錢的觀眾非常滿意，出賽者即將進入鬥牛位置。」

當公牛撞擊柵欄板的時候，孟紐爾走到堅硬的沙土上去。他從眼角瞄到蘇瑞托坐在靠近柵欄板的白馬上，那位置是鬥牛場左面的一角。孟紐爾抓起披肩向前靠近他，兩隻手抓攏對公牛大叫：「唬！唬！」公牛轉身匆忙一撞，似乎要撞倒柵欄板，卻撞到了孟紐爾拖著的披肩，孟紐爾閃過一旁，腳後跟一旋轉，公牛撞擊過來，牛角已挑起披肩。他轉身又面對著公牛，在同一個位置抓起披肩，又面對著公牛，當公牛再度攻擊時，他再度轉身。每次他一甩動披肩，觀眾就大叫。

他與公牛周旋了四次，每次他舉起披肩，公牛便怒吼，逗得公牛一再攻擊。而後，他第五次甩動披肩，隨著鞭子旋轉，披肩像芭蕾舞者的裙子般甩動，公牛則像一條帶子那樣旋轉著，而後，他站過一旁，讓公牛面對騎在白馬上的蘇瑞托，白馬跑過來站定，面對著公牛，牠的耳朵向前傾，表現出緊張的神態，帽子遮蓋在眼睛上方的蘇瑞托，身子向前傾，長劍在他的右臂下，他將劍前後傾斜，成爲三角形斜邊的角度，尖端向下對著公牛。

先鋒報的二流評論家，一邊抽菸，一邊望著公牛，寫道：「老孟紐爾設計一套管用的維洛卡式的鬥牛法，終於獲得一次滿堂彩，而後第三個騎馬劍手騎馬進入。」

蘇瑞托坐在馬上，測量公牛與劍尖之間的距離。當他在測距離的時候，公牛振作起精神攻擊他，他的眼睛直望著馬的胸脯。當牠低下頭用角去往上一鉤時，蘇瑞托擲下劍射中公牛肩部隆起一大塊肌肉的地方。他將整個身子斜依在劍柄上，左手拉著白馬往空中騰起，白馬前蹄舉起甩向右邊，這時他推動下面的公牛，讓公牛的角滑過馬的肚皮，使得馬不被牛角刺到，而後前蹄安全落下，發抖的公牛尾巴掃擊馬的前胸。這時休南底茲持披肩上來逗公牛過來，公牛轉過來攻擊休南底茲手上的披肩。

休南底茲沿著邊道行走，用披肩引逗公牛，使牠走向另一位劍手那邊去。他甩著披肩逗牠，牠猙獰的臉向著馬和騎士，但卻往後退。當公牛看見了馬匹時，牠攻擊馬匹。劍手的劍沿著公牛的背脊刺過去。公牛一下猛烈的撞擊，馬高高躍起，劍手幾乎落下馬鞍。當他刺劍失誤後，他右腳脫離右邊馬蹬，全身支持在左蹬上，讓公牛從馬的左邊擦身而過。馬縱身衝踏在公牛身上，劍手用他的靴子向馬身上猛推一下，馬脫離了公牛跌倒在地上，但等著縱身轉向奔跑。

孟紐爾不慌不忙，讓公牛攻擊跌倒的馬，劍手沒有受傷，但是那情形確實叫人擔心劍手的安全。他下次有不能再度出場的危險，真是差勁的劍手！他從不遠處的柵欄板望著沙地那邊的蘇瑞托。蘇瑞托的健馬在等著出發。

「來啊，」他向公牛呼叫，「唬！唬！」他兩手抓著披肩，這樣可以引起公牛的注意，公牛離開那匹跌倒的馬，奔過來攻擊披肩，孟紐爾抓住披肩在邊道上跑，又停下來，轉身把公牛引向蘇瑞托。

「休南底茲和曼諾洛一樣擲出劍來，出賽者接受了兩支劍的幫助，但是一匹不中用的馬報廢了。」先鋒報的評論家這樣寫道，「牠猛攻劍手，似乎不喜歡馬匹。老手蘇瑞托用長劍去刺醒跌倒的馬，使牠甦醒過來，真是非常的特別幸運者——」

「來啊！來啊！」在他旁邊的人大叫，但那叫聲又被人群的高喊聲蓋住了。他經過背後那位評論家。那位評論家仰望著蘇瑞托，這時他正在他的下邊，蘇瑞托斜依在馬背上，把長劍幾乎是垂直挾在腋下托著尖端，公牛向前推進，接近馬匹，蘇瑞托遠遠地在牠上方，緊隨著牠，以壓力慢慢地驅著馬，使馬擺脫牠，馬終於擺脫了。蘇瑞托覺得在馬兒擺脫時，公牛會過來，他鬆開劍套，把三角劍刺向公牛臂部的肌肉上，這時他才鬆弛下來，發現休南底茲的披肩就在公牛的口部。牠盲目地攻擊披肩，他把牠引進寬闊的競技位置。

蘇瑞托坐在馬上輕拍著馬，望著公牛攻擊披肩，休南底茲在明亮的燈光下引出公牛，這時觀眾在大喊大叫。

「你看見了那一劍，」他對孟紐爾說。

「那是很奇妙的一擊，」孟紐爾說。

「那時我刺中了牠，」蘇瑞托說。「現在你看看牠。」

就在轉遞披巾的時刻，公牛跪下來了。牠立即又爬起來，但是在不遠的沙地上，孟紐爾與蘇瑞托看到燈光閃亮的一大塊是公牛肩上流下的血，公牛肩上黑毛的部分還在緩緩流著。

「那時我刺中了他，」蘇瑞托說。

「這是條好牛，」孟紐爾說。

「如果他們讓我再給牠一劍，我一定可以把牠殺死，」蘇瑞托說。

「他們爲我們換上第三個劍手，」孟紐爾說。

「現在你看看牠，」蘇瑞托說。

「我該到那邊去，」孟紐爾說，他開始起跑到鬥牛場的另一邊去，那兒助理團員列隊向前，正牽著一匹馬接近公牛，用棒子猛擊馬腿，想使馬挨近公牛，公牛站起來，晃晃頭，扒扒地，但卻無心攻擊。

蘇瑞托坐在馬上，驅馬向那邊場地去，每一情景他都看得很清楚，他愁容滿面，心中有些擔憂。

終於，公牛又發動了攻擊，助理團員都趕緊跑往柵欄板那邊去，劍手向後面遠處擲劍，公牛追上了那匹馬，將牠撞向空中，落在公牛的背上。

蘇瑞托望著，穿紅衣服的助理團員，趕緊跑去拖劍手離開。劍手獨自走著，嘴裡咒罵著，揮擺著手臂。孟紐爾和休南底茲準備好他們的披肩，站在那兒。這隻巨大的黑公牛，背上負著一匹馬，馬蹄懸起，轠繩掛在兩隻牛角上。背上負著馬的黑牛，顛簸地邊跑，而後弓起牠的脖子，將身軀高高挺起，甩脫那匹馬，馬從牠背上滑下來。而後公牛猛攻孟紐爾所展示的披肩。

孟紐爾覺得公牛現在慢下來了，公牛血流如注，軀體兩側血光閃亮。

孟紐爾再度展示他的披肩。牠又衝過來了，睜著醜陋的眼睛，望著那披肩。孟紐爾站在一邊舉起手臂，以披肩代替方巾展示在公牛前面。

現在他面對著公牛，是的，他的頭約略低垂，他有意將頭低垂。他就是蘇瑞托。

孟紐爾展揚披肩，公牛衝過來了；他閃過一旁，揚起另一方巾。他想，他擲劍一定很準，他有足夠的鬥牛經驗，因此他要開始獵殺那頭牛了。他把視線投向我，我這時常會把披肩丟給他。

他向公牛抖動披肩，公牛衝過來了，他站向一邊，那是非常接近的時刻。我不想那麼接近公牛。

血弄濕了披肩的邊緣，因為他的披肩靠著公牛的後部拖著走。

對極了，這就是最後的一刺。

面對著公牛的孟紐爾，隨著公牛的撞擊旋轉，兩手抓住披肩展示著，公牛望著他。公牛的眼睛探望著，兩隻角向前挺，公牛望著他，望著，望著。

「呀唬！」孟紐爾叫道。「來啊，」他身子向後仰，披肩則向前甩擺。公牛衝過來了，他站過一邊去，在公牛背後擺動披肩，又旋轉身子，公牛跟著披肩兜圈子，而後什麼也沒有撞上，終於爲披肩所降服。孟紐爾用一隻手提著披肩在公牛的嘴下甩動，確定公牛已經安靜下來後，他走開了。

沒有鼓掌聲。

孟紐爾越過沙地向柵欄板那邊走過去，蘇瑞托騎馬走出鬥牛場。號角向插旗手吹起換場的號聲。孟紐爾正在處理那隻公牛，他沒有注意到號角聲。助理團員把兩匹死馬放在帆布上，把鋸木層撒在牠們周圍。

孟紐爾爬上柵欄板那邊去喝開水，雷塔納的人遞給他重重的一罐已開封的飲料。

吉普賽人斐安底斯手持兩面插旗站在那兒，把兩面旗子抓在一起，細而紅的旗竿，帶有魚鉤的尖刺。他望著孟紐爾。

「到那邊去，」孟紐爾說。

吉普賽人快跑出去。孟紐爾把罐子放下，張望著，用手帕擦著臉。

前鋒報的評論家伸手去拿那瓶放在他兩腳之間溫熱的香檳，喝了一口，寫完了那一段文字。

「——由於老孟諾洛用披肩逗引公牛而扎進一連串的劍，因此未能贏得觀衆的喝彩，我們進入插旗的第三階段。」

公牛獨自站在鬥牛場的中央，仍然很安定。高個子的斐安底斯意氣洋洋地走向他，他攤開雙臂，一手抓著一根細而紅的旗竿，用手指提著，尖端朝前。斐安底斯朝前走。他的後面有一位助手帶著一條披肩。公牛望著他，不再安靜了。

公牛的眼睛望著斐安底斯，還靜靜地站立著。他向後仰，向公牛呼叫。斐安底斯扯起兩根標旗，鋼矛的尖端的亮光眩耀公牛的眼睛。

公牛的尾巴翹起，牠開始攻擊了。

牠衝過來，眼睛望著那個逗引牠的人。斐安底斯靜靜地站著，向後仰身，標旗的尖矛向前。當公牛垂下頭去勾撞時，斐安底斯向後仰，手臂一併舉起，雙手著力，標旗投下兩道紅色光線，他向後一仰，標旗矛尖插入公牛的肩部。他閃過牛角，旋動兩根挺直的標竿，他兩腿繃緊，身體拱起來，讓公牛衝過去。

「呀呵！」觀眾歡呼。

公牛狂野地勾撞，四肢騰空，跳起來像一條鱒魚。當公牛騰躍時，紅色的標竿搖擺著。

站在柵欄板處的孟紐爾，看到整個過程都進行得如他經常所見到的，沒有絲毫差錯。

「叫他扎兩根劍到公牛右側，」他對那個手執兩根標旗的人說，這個助手正向斐安底斯那邊走過去。

在公牛身上扎劍很重的是蘇瑞托。

「好小子，你覺得怎樣？」他問。

孟紐爾正望著公牛。

蘇瑞托向柵欄板倚過去，用手臂支持身體的重量。孟紐爾轉身向著他。

「你的情況愈來愈好了，」蘇瑞托說。

孟紐爾搖搖頭，他在第二場第三回合出場之前無所作爲。那個吉普賽人的劍使得很不錯。在第二場第三回合，公牛將以完好的形態向他奔來時。那是條壯牛，到目前爲止還算順利。最後那名劍手的狀態是他所憂慮的。但他並不真正憂心，甚至連想都不去想。不過，他站在那兒卻心事重重。他凝望著公牛，暗自計劃他的戰法，他要用紅巾迫使公牛就範，並使過程在他可以掌控的情況下進行。

那個吉普賽人出來再度走向公牛。他兜著走，帶幾分諷謔趣味，就像舞廳裡的舞者，當他走著的時候，標矛的紅旗展開。公牛望著他，現在牠很不安靜，急於追趕他，但是他爲了接近牠，必須要逗牠用角來勾撞他。

斐安底斯走向前去，公牛便又攻擊他。當公牛攻擊的時候，斐安底斯跑了四分之一的場地，他跑到牠的後面，停下來，向前擺動，顛起他的腳，兩隻手臂伸出，將兩根標旗往下猛扎，深深插入公牛厚實的肩部肌肉裡，這時公牛攻擊他，然而連連落空，沒有撞到他。

觀眾對這一幕發出瘋性的吼叫。

「那個小伙子今晚不能再待在場地上了，」雷塔納的人對蘇瑞托說。

「他很不錯，」蘇瑞托說。

「現在看看他。」

他們都望著他。

斐安底斯靠在柵欄板上站著，有兩個助理團員在他後面，他們的披肩準備揮過圍牆，以支開公牛。

公牛的舌頭伸了出來，身體拱起，望著那個吉普賽人。他認爲牠現在要攻擊他了。他靠在紅木板上，這正是一個短距離的攻擊，非常危險。公牛還在望著他。

吉普賽人拱起背，收回他那雙伸直的手臂，標矛的尖端已經揮入公牛身上。他向公牛呼叫，半蹲著一隻腳。公牛現出懷疑的樣子。牠望望吉普賽人。牠的肩部已不能再插上標矛了。

斐安底斯向公牛再走近一點。拱起背，再度呼叫。觀眾中有人向他大聲警告。

「他靠得太近了，太危險了，」蘇瑞托說。

「注意他，」雷塔納的人說。

斐安底斯向後仰雙足騰空跳起來，用標旗去刺激公牛。當他躍起的時候，公牛的尾巴翹起，發動攻擊。斐安底斯墊起腳尖，兩臂伸直，整個身子拱起向前，將標矛直向下刺，將自己的身體閃過右邊的牛角。

公牛沒有撞到斐安底斯，便衝向柵欄板，那兒有披肩揮動，吸引了公牛的眼睛。

吉普賽人沿著柵欄跑向孟紐爾，獲得觀眾熱烈的掌聲。他的背心已破裂，顯示他並未完全擺脫牛角的尖端。行險得逞，使得他很高興，他將背心破裂處展示給觀眾看。他繞場走一圈。他經過的時候蘇瑞托望著他笑了笑，指著他的背心。斐安底斯也笑了。

有人過去插最後的兩根標旗，但已經引不起觀眾的注意了。

雷塔納的人在紅方巾裡放了一根短棒，把紅方巾捲摺起來，從柵欄板上遞給孟紐爾。他伸手到皮劍鞘處取一柄劍，同時握住劍和劍鞘，從柵欄板上遞給孟紐爾。孟紐爾握著紅色劍柄，劍出了鞘，劍鞘掉落地上。

他望著蘇瑞托。後者望著他汗流滿面。

「現在你去解決牠，夥計，」蘇瑞托說。

孟紐爾點點頭。

「牠很雄壯，」蘇瑞托說。

「就按你所需要的解決牠。」雷塔納的人給他打氣。

孟紐爾點點頭。

場頂上方號角吹起，表示最後表演即將展開，孟紐爾向著暗處包廂主席那個方向走入競技場中。

那位坐在前排的先鋒報鬥牛評論家啜喝一口熱香檳。他決定不寫這種流水帳似的故事，準備回到辦公室後面的迴廊再將故事寫完。這是多麼乏味的鬥牛，只不過是一場夜間表演。即使他漏過了什麼場面，他也可以從早報中讀到這場鬥牛的消息。他又喝了一口香檳。他十二點在麥克森餐館有個約會。這些鬥牛士是誰？全是些年輕小伙子和無賴。一堆渣滓貨色。他把拍紙簿放入口袋裡，向孟紐爾望了一下，孟紐爾孤獨地站在鬥牛場中，用他的帽子向包廂敬禮，黑暗的大廣場上方什麼也看不見。公牛在鬥牛場外緣邊上靜靜地站立著，目光茫然。

「主席先生，我將這條公牛獻給您及馬德里的人民，你們是世界上最聰明、最慷慨的人。」孟紐爾說了這些話。這是公式化的致詞，他無非照稿宣讀，這種致詞就夜場的表演來說嫌長了點。

他向黑暗的地方一鞠躬，而後身體伸直，將帽子摔過肩頭，左手拿起紅色鬥牛方巾，右手握著劍，向外緣邊上的公牛走去。

孟紐爾走向公牛，公牛望著他，他的眼睛敏捷地轉動著。孟紐爾注意到牠左肩上的幾支標旗垂掛著，而蘇瑞托所掃的那根劍血流如注。他注意到公牛的腳在作什麼準備。他左手抓住鬥牛的方巾，右手握住劍，望著公牛的腳，向前接近公牛。公牛兩腳併攏在一起時，牠便無法攻擊。現在公牛跨站著，顯得很笨拙的樣子。

孟紐爾望著牠的腳，向牠走去。這是不會有差錯的，他可以辨得到。他一定要使公牛俯首就範，他可以閃過牠的犄角而殺死牠。但是，他沒有考慮到用劍，也沒有考慮到要殺死這條公牛。他每次只想一件事情，眼前的事使他感受到沉重的壓迫感。他向前走著，望著牛腳，他也不時地望著牠的眼睛、牠那機智的嘴和那廣張的尖角。公牛的兩隻眼睛有光圈，牠的眼睛望著孟紐爾，牠在想，牠可以把這個白臉孔的小東西撞倒。

他現在靜靜地站著，展開紅色的鬥牛方巾，用劍尖頂著方巾，左手握劍，把方巾展開得像小船的三角帆。孟紐爾注意著牛角的角尖，有一隻角的角尖因猛撞在柵欄板上，上面還留有木片，另一隻角則尖得如豪豬的箭毛。孟紐爾注意到牛角底部白色的角質上有紅色的斑點。當他注意這些事物時，他並沒有忽視牛的腳。公牛很沉著地望著孟紐爾。

孟紐爾想，牠現在正採取守勢，牠在保持牠的體力。我必須引牠出來消耗牠的體力，而後叫牠俯首就範。要叫牠常垂下頭去。蘇瑞托已使牠的頭一度垂下，現在又恢復過來了。我要驅使牠奔馳，使牠流血，那樣牠便會垂下頭來。

他左手持劍，將鬥牛方巾在牠面前展開，並向公牛呼叫。

公牛望著他。

他以輕視的態度向後仰，將紅絨布展開抖動。

公牛望著鬥牛方巾，鬥牛方巾在弧形燈光下亮得發出紫紅色的光暈，公牛的腿緊收起來了。

牠過來了。呀呵！公牛一過來，孟紐爾轉身，他抬高鬥牛方巾，以閃過公牛的利角，從牠的頭到尾掃過牠那寬闊的肩臂。公牛這一撞擊騰空而過，落空了。孟紐爾卻在原地沒有動。

這一撞擊落空後，公牛像牆角的貓般迅速轉身，又面對著孟紐爾。

牠又恢復了攻勢姿態。牠的重量已減。孟紐爾注意到牠的黑色肩部血肉發亮，血直往下流，流到腿上。他從方巾露出劍來，劍是用右手握著的，左手則將方巾下沉，他向左面依過去，並向公牛呼叫。公牛的腿收緊，眼睛望著方巾。孟紐爾想，牠衝過來了。呀呵！

他閃過攻擊，鬥牛方巾從公牛前頭掃過，他穩住腳步，劍光隨著弧形燈光，順著公牛掠過的方向成一弧形光影。

在這一撞擊落空後，公牛再度攻擊，孟紐爾抬高方巾讓公牛衝過去。在舉起的方巾下面，公牛從孟紐爾的胸前擦過。孟紐爾頭向後仰，以避免被標旗的竿子打到。當公牛與他擦身而過時，公牛那熱而黑的身軀碰觸到了他的胸膛。

孟紐爾想，太靠近了。依在柵欄板上的蘇瑞托，急急的對吉普賽人說話，吉普賽人帶著一條披肩匆忙走向孟紐爾。蘇瑞托把他的帽子壓低，眼光掃過競技場，望著孟紐爾。

孟紐爾又面對著公牛，他把鬥牛方巾拉低向左面展開。當公牛望著方巾時，牠的頭垂下了。

「如果是貝爾蒙第做到這個樣子，觀眾會如癡如狂，」雷塔納的人說。

蘇瑞托沒有說話，他望著站在競技場中央外邊的孟紐爾。

「我們老闆是在什麼地方挖出這塊料來的？」雷塔納的人問道。

「從醫院找來的，」蘇瑞托說。

「那也是他媽的來路捷徑，」雷塔納的人說。

蘇瑞托轉身向著他。

「向那兒重搥幾下表示你錯了，」蘇瑞托指著柵欄板說。

「我剛才是在開玩笑，老兄，」雷塔納的人說。

「重搥那木板。」

雷塔納的人靠過去，猛搥柵欄板三次。

「看他表演，」蘇瑞托說。

孟紐爾在燈光下，走出鬥牛場中央位置，面對著公牛，當他兩手舉起紅方巾時，公牛開始攻擊，牠的尾巴豎起。

公牛攻擊時，孟紐爾閃過身子，把鬥牛方巾成半圓形旋轉，把公牛引到他的跟前。

「哎，這是個偉大的鬥牛士，」雷塔納的人說。

「不，他不是，」蘇瑞托說。

孟紐爾左手執鬥牛方巾，右手握劍，站立著，從廣場上烏黑的一片傳來歡呼聲與掌聲。

公牛在他跟前拱起背，站在那兒等候著，牠的頭垂下。

蘇瑞托對另外兩個刺劍的年輕人講了幾句話，他們帶著披肩跑出去支援孟紐爾。現在孟紐爾後面有四個人。從他帶著鬥牛方巾出場開始，休南底茲便一直跟著他。斐安底斯則站在一旁觀察情況，他的披肩披在他那高大的身軀上，眼睛懶洋洋的，像是在休息。現在有兩個人過來，休南底茲叫他們一邊站一個，孟紐爾則獨自面對著公牛。

孟紐爾揮動披肩叫他們後退。他們都很小心地後退，一邊望著孟紐爾那滿頭是汗的白臉。

難道他們不明白要後退嗎？難道在公牛被降伏安靜下來之後，他們還要用披肩去惹火公牛的眼睛嗎？本來不應該發生那樣的事，他現在非常擔心。

公牛還巍巍然的站在那兒，眼睛望著那條鬥牛方巾。孟紐爾左手捲起方巾，公牛的眼睛望著它，牠全身的重量都落在四肢上。牠把頭垂下，但垂得並不很低。

孟紐爾將方巾舉起對著牠。公牛沒有移動，只是用牠的眼睛注視著。

牠已完全定著不動了，他想。牠已完全遲鈍了，牠已被擺平，牠已認命了。

他想著這些鬥牛術語。當他這麼想的時候，他便不會說出特別的俗語。他也不明白怎麼會有這種想法。他的本能和他的知識都是自動發生作用，他的頭腦並不快，語言也不敏健，但他非常瞭解公牛。他甚至連想都不必想，便能對公牛作正確的判斷。他的眼睛看著，他的身體卻不必按思考行動，而是按自然需要而動作。如果他要去思考鬥牛這件事，他可能就做不了優秀的鬥牛士。

現在，他面對著公牛，他在同一個時間已感知到許多事情。公牛的兩隻角，一隻角上有一小塊木板，另一隻角則光滑尖銳，他要側過身子向左角那邊。他把方巾放低，使公牛跟進，他要用劍從牛角上方刺入那小小的要害，這樣的效果等於五支劍直扎入牠頸背部分或公牛肩部駝峰之間。他一定要完全做到這樣，並且是直取兩角之間的要害。他知道一定做得到，但是他只想到那句話：「快而直入。」

他一邊捲起鬥牛方巾，一邊想：「快而直入。」他把劍從方巾裡抽出來，側身閃過有木片的左角，把方巾擱在牠身上，他右手上的劍與眼睛成十字形，他墊起腳尖，將劍鋒對準公牛肩部上前方中間的要害。

他持劍向公牛刺去，快而直入。

這是令人驚嚇的一刻，他覺得自己已騰空而上。當他騰起時，他將劍推擊出去，劍離手飛出。他跌落地上，公牛追上了他。孟紐爾躺在地上，用他的硬底鞋猛踢公牛的嘴。踢呀，踢呀，公牛猛撞他，但沒有撞到，而將牠的角直戳入沙地裡，孟紐爾的腳像在空中踢皮球那樣踢著，不讓公牛的角刺中他。

孟紐爾覺得從公牛身上甩下的方巾有一陣風掃過他的背脊。而後，牠從他上方急衝而去；公牛的黑肚皮從他上面滑過，但牠的腳並沒有踩到孟紐爾。

孟紐爾站起來，撿起那塊鬥牛方巾，斐安底斯將劍遞給他。當劍刺在公牛的肩側時，劍已彎曲了。孟紐爾在膝上把劍扳直，跑向公牛那邊去。公牛現在站在一匹死馬旁邊。當他奔跑的時候，他的背心在擺動，他的腋下部分已撕裂。

「把死馬弄出去！」孟紐爾對那個吉普賽人大叫。公牛已嗅到死馬的血腥味，正用牠的角在撕裂蓋在上面的帆布。牠過來攻擊斐安底斯的披肩，在牠那原有破木板塊的角上，現在又多了一塊帆布，觀眾在笑。牠跑出鬥牛場外緣，甩著牠的頭，想把帆布甩掉。休南底茲從牠後面跑過來，抓住帆布的角，把帆布從牠的角上扯去。

公牛隨著帆布又攻擊了一番，而後靜止不動，牠又恢復了攻擊姿勢，孟紐爾拿著劍和鬥牛方巾走向公牛。孟紐爾在牠面前搖晃著方巾，公牛卻不想攻擊。

孟紐爾向公牛側面接近，看到了利劍刺過的地方。公牛沒有動，似乎是定著在那兒，不能再攻擊了。

孟紐爾墊起腳尖，望著那鋼標，牠攻擊過來了。

這是又一次驚嚇，他覺得自己是在牠猛烈攻撞時向後倒，而後重重地跌落在沙地上，這次他沒有機會用腳去踢公牛了，公牛在他上面。孟紐爾像死人般地躺在那兒，他的頭枕在兩隻手臂上，公牛在撞他。撞他的背，撞他那伏在沙地上的臉。他感覺到公牛的角撞在他兩臂之間的沙地上，公牛撞擊他的腰部，他的臉伏在沙地上。公牛的角撞穿他的衣袖，而將衣袖撕掉。孟紐爾擺脫了公牛，公牛現在改追別人的披肩。

孟紐爾爬起來，找到了劍和鬥牛方巾。他用拇指試試劍的鋒芒，而後跑到柵欄板那邊去換一柄劍。

雷塔納的人從柵欄板上遞給他一柄劍。

「擦一擦你的臉吧，」他說。

孟紐爾一邊跑向公牛，一邊用手巾擦滿臉的血，他沒有看見蘇瑞托，蘇瑞托到那兒去了呢？

助理團員離開了公牛，拿著他的披肩在守候，公牛在行動之後又顯得笨重而不靈活了。

孟紐爾拿著鬥牛方巾走向牠，他停下來搖晃方巾，公牛沒有反應，他在公牛嘴前左右走動，公牛的眼睛望著方巾，也隨著方巾的擺晃而轉動。但是牠並不攻擊，牠是在等待孟紐爾跑動。

孟紐爾有些擔心。但是他也別無選擇，只有拚命進攻。他又想著劍要「快而直入」。他向側面接近公牛，公牛衝過牠面前的方巾開始攻擊。當他把劍向前推刺時，他轉向左邊躲過公牛的角。公牛衝過他時，劍被撞向空中，在弧形燈光下閃亮，紅柄落入沙地。

孟紐爾跑過去，把劍拾起來。劍已撞彎，他將劍再在膝上扳直。

公牛現在又凝立不動了，當他跑向公牛時，他經過休南底茲身邊，休南底茲帶著披肩站在那兒。

「牠全身都是骨頭，」休南底茲鼓勵著說。

孟紐爾點點頭，拭擦著臉。他把滿是血跡的手巾放入口袋。

公牛現在靠近柵欄板，該死的東西，也許牠全身都是骨頭，也許沒有一個地方可以讓劍扎進去。他媽的真沒有可以插入的地方，牠是在炫耀牠的厲害。

他用鬥牛方巾晃了一下，公牛沒有動，孟紐爾將方巾在公牛前面前後甩擺，沒有動靜。

他捲起方巾，揮起劍，從側面插向公牛。當他將劍插進去時，他覺得劍驟然彎曲起來，他將身體的整個重量傾側過去，而後劍向上射入空中，落到觀眾座席去了。當劍反彈時，孟紐爾擺脫了公牛。

從黑暗的觀眾席上拋下來第一個墊子，但是沒有擊中他。後來有一個墊子打中了他的臉，他的血臉面對著觀眾，墊子迅速落下，擊在沙土上。有人從近區拋下空香檳酒瓶，打中了孟紐爾的腳。他站在那裡，望著拋下東西的黑暗處。而後有一樣嘶嘶發響的東西拋下來，擊在他身旁的地上，孟紐爾俯身撿起來，原來是他的劍。他把劍在膝上扳直，而後以劍向觀眾作手勢。

「謝謝，」他說。「謝謝。」

啊，混蛋的東西！混蛋的東西！啊，可鄙的、混蛋的東西！他跑著時踢到一隻墊子。

公牛在那兒仍如剛才的情形一樣。哼，你這個可鄙的、混蛋的東西！

孟紐爾在公牛的黑嘴巴前搖晃著鬥牛方巾，公牛沒有動靜。

你不動，好吧。他站近公牛，將方巾一角塞進公牛濕濕的嘴裡。當他向後跳，公牛對著他；當他踩到一隻墊子，他感到公牛的角從他側面撞擊過來。他兩手抓住一隻牛角使公牛後退；他緊緊抓住，公牛甩他，他擺脫了牠。他靜靜站在那裡，他並沒有事，公牛跑開了。

他咳著嗽，爬起來，覺得全身不對勁。這個混蛋的東西！

「給我劍，」他叫道。「給我方巾。」

斐安底斯帶著劍和鬥牛方巾過來。

休南底茲用手臂環抱著他。

「夥計，到醫療站去吧，」他說。「別當他媽的傻瓜。」

「滾開，別碰我，」孟紐爾說。「去你媽的，離我遠一點。」

他掙脫休南底茲，休南底茲聳聳肩，孟紐爾向公牛跑去。

公牛站在那兒不動如山。

好吧，你這混蛋的東西！孟紐爾從方巾上將劍舉起，瞬即全身攻向公牛。他覺得劍已長驅直入，而且乾淨俐落，他的四個手指和拇指都已插入公牛身內。公牛的血燙熱了他的手指關節；他正伏在公牛身上。公牛揹著他東倒西歪，似乎要倒下去了。而後，他擺脫牠站起來。他望著公牛慢慢倒在他身旁，隨後猝然四肢朝天。

接著，他向觀眾揮手，他的手因沾滿公牛的血覺得溫熱。

好了，你這個混蛋的東西！他想說什麼，但是他在咳嗽。空氣很熱，令人有窒息的感覺，他俯望著鬥牛方巾，他必須向主席謝幕。他媽的主席！他正坐在那兒看到了什麼東西。就是那條公牛，牠四肢朝天，厚厚的舌頭伸在外邊。牠的肚皮上和腿上都有東西在爬，有東西在爬的地方牛毛很稀薄，死牛！他媽的死牛！全是他媽的死東西！他想站起來，但是又開始咳嗽了。他又坐下來，咳嗽。有人走過來，把他扶起。

他們帶著他越過鬥牛場向醫療站趕去；他們奔跑著帶他越過沙地，當騾子走進來時，便都堵在門口，而後在黑暗的通道附近又停住，當下方的人群把他扛上台階時，一邊在發牢騷，一邊讓他躺下來。

醫生和兩個穿白衣服的男士在守候著他。他們把他放在外邊的一張檯子上。有人爲他解開襯衫，孟紐爾覺得好累，他整個胸膛都有燙傷的感覺。他開始咳嗽，他們把東西端到他嘴巴上，每個人都很忙碌。

電燈照著他的兩隻眼睛，他把眼睛閉上。

他聽到有重重的腳步聲踏上台階，而後聽不見了，隨後他又聽到遠處有嘈雜聲，那是觀眾的聲音。嗯，一定是有人在殺另一條與他的那條完全不同的公牛。他們把他的襯衫完全剪開了，醫生在對他笑，雷塔納在那兒。

「哈囉，雷塔納！」孟紐爾說。但是，雷塔納聽不到他的聲音。

雷塔納對他微笑著，說了些話，孟紐爾聽不到。

蘇瑞托站在檯子旁邊，彎腰在看醫生工作。他還穿著他的劍手服裝，沒有戴帽子。

蘇瑞托對他說了些話，孟紐爾聽不見。

蘇瑞托在跟雷塔納說話。有個穿白衣服的人在微笑，他遞給雷塔納一把剪刀，雷塔納把剪刀給蘇瑞托，蘇瑞托對孟紐爾說了幾句話，他聽不見。

這張手術檯真差，他以前也曾上過手術檯。他還不會死。如果他會死的話，他們會把牧師請來。

蘇瑞托對他說了些話，他握著剪刀。

他們可能要剪開他的皮背心，也許要剪掉他的辮髮。

孟紐爾從手術檯上坐起來，醫生生氣地把他推回去，有人緊緊抓住他。

「你不可以這樣做，曼諾斯，」他說。

他突然聽到了，很清楚地聽到了，那是蘇瑞托的聲音。

「好吧，」蘇瑞托說。「我不會的，我只是開開玩笑而已。」

「我正在好起來，」孟紐爾說。「我運氣不佳，就是那麼回事。」

孟紐爾躺回去，他們把東西蓋在他的臉上，那是他很熟悉的東西，他深深地吸氣，他覺得很累，他覺得非常非常累，他們把那東西從他臉上拿走。

「我正在好起來，」孟紐爾有氣無力的說。「我會成爲高手。」

雷塔納望著蘇瑞托，走到門口去。

「我在這裡陪他，」蘇瑞托說。

雷塔納聳聳肩。

孟紐爾睜開眼睛望著蘇瑞托。

「我會好起來嗎，曼諾斯？」他想肯定他正好起來而這樣問。

「當然，」蘇瑞托說。「你會成爲高手。」

醫生的助手將一個錐形物罩在孟紐爾臉上，他深深地吸氣，蘇瑞托呆站在那兒，凝望著他。

二

在異鄉

秋天，戰爭持續打了一個秋天；然而我們卻不再參加了。米蘭的秋季氣候寒冷，夜晚來得非常早，街燈不久便亮起來了。這時沿街觀望櫥窗是一件愜意的事情。商店門外掛著許多獵物，雪花飛落在狐狸皮毛上，風吹拂著牠們的尾巴。鹿被懸吊在空中，看起來直挺挺、沉甸甸，而肚子則乾癟癟的；小鳥隨風飄蕩，羽毛被吹得倒翻起來了。

這是一個寒冷的秋天，風從高山吹來。

我們每天下午都在醫院裡，通過市區幽暗的街道到醫院裡去，有幾條不同的路線。其中兩條是沿運河而行，只是它們比較遠一些；但無論如何，總得越過運河上的一座橋才能進入醫院。總共有三座橋可以走。一座橋上有個婦人在賣炒栗子。站在她那炭火跟前感到暖烘烘的，栗子裝進衣袋裡以後仍然熱呼呼的。這家醫院十分古老而又十分美觀，你從大門口進來，步行穿過庭園，然後從對面大門口出去。平時葬禮就在這個院子裡舉行。在這座古老醫院的那邊，有一些磚砌的新亭閣，每天下午我們都到那裡相會：大家都很有教養，對自己的傷勢都十分關心，而且都坐在醫療器械上，據說這些器械具有顯著的復健效果。

醫生來到我坐在上面的那架機器跟前，說：「大戰以前你最喜歡做什麼呀？你參加過某種體育活動吧？」

我說：「是的，足球。」

「好，」他說。「你還能踢足球，會比以前踢得更好。」

我的膝部不能伸縮，我的小腿從膝蓋直垂到腳踝，一點也看不見腿肚，這機器就像騎三輪車那樣用來使膝蓋彎曲和運動。但是它並沒有彎曲；相反，當機器運轉到打彎的部位時，它突然傾斜了。那個醫生說：「以後就可以了。你是個有福氣的青年。你會像足球冠軍那樣重返球場的。」

下一台機器上坐著一個少校軍官，他有一隻嬰兒般的小手。當醫生檢查他那隻手的時候，他連連向我使眼色：他的手夾在兩根皮帶之間，皮帶上下跳動而拍打著他那僵硬的手指，他說：「我將來也會踢足球吧，上尉醫生？」他從前是一個十分出色的擊劍師，是義大利戰前最優秀的擊劍師。

醫生到他後面的辦公室裡取回一張顯影了一隻手的照片。這隻手在進行機器醫療以前已經萎縮得跟少校的手一樣小了；以後，稍微大了一些。少校用他那隻健康的手拿著照片，仔仔細細地端詳著。「受傷了？」他問。

「在一次操作中意外受傷的。」醫生說。

「很有趣，很有趣啊！」少校說。當即將照片遞給醫生。

「你有信心嗎？」

「沒有。」少校說。

有三個跟我年齡一樣大的男青年，每天也都來這裡。他們三個都是米蘭人，其中一個要作律師，一個想當畫家，另一個則立志從軍。機械治療過後，我們有時一同步行到在斯卡拉劇院旁邊的庫瓦餐館。因爲我們一行有四個人，便走近路，穿過共產主義者聚居的地區。由於我們是軍官，人們都憎恨我們；當我們路過一家酒店的時候，裡面常有人高聲叫喊：「打倒軍官！」另外一個青年偶爾也跟我們一起走路，於是我們便成爲五個人了。這個青年當時沒有鼻子，正待整容，所以他的臉上蒙著一塊黑絲手絹。他是從軍校直接到前線去的；當他第一次來前線陣地的時候，不到一小時便受傷了。他們給他整修了面部，他出身自一個非常古老的家庭，非常重視儀容，但他們永遠沒有將他的鼻子修整完好。他後來到南美洲去了，在一家銀行裡工作。不過這是很久以前的事情了。我們當中沒有人知道他後來的情形。我們當時只知道戰爭一直在進行著，而我們卻不再參加了。

我們都有同樣的勛章；只是那個臉上纏有黑絲繃帶的青年沒有，他在前線的時間太短了。那個臉色蒼白、個子高大而一心想當律師的青年，曾經當過阿迪提突擊隊的中尉，他一人就有三枚同樣的勛章，而我們每人只有一枚。他與死亡長年累月地打交道，便不由得習慣於冷眼看人生了。我們都有一種超然物外的態度，除了每天下午在醫院聚會之外，便沒有任何東西能將我們聯結在一起了。雖然，當我們走過市裡危險地段到庫瓦去的時候，在黑暗中行進，酒店裡有燈火，從裡面不斷傳出歌聲，有時不得不衝上街心；當人行道上男男女女擁擠不堪的時候，我們只有推撞他們才能邁步向前；我們感覺到某些發生過的事情使我們聯繫在一起了，而這是他們，那些不喜歡我們的人們，所不能理解的。

我們大家都熟悉庫瓦，這裡富足、溫暖，而且燈光柔和；在某一段時間裡，人聲嘈雜，煙霧瀰漫：女侍者一直不離餐桌左右，牆壁架子上還掛有插圖報紙。庫瓦餐館的女侍者是極其愛國的，而且我發現義大利最愛國的人是餐館裡的女侍者——我相信她們現在仍然具有愛國熱忱。

起初，這些青年人對我的勛章十分尊重，問我曾經立了什麼功勞才得的勛章。我把證書拿給他們看。這些證書措辭漂亮，滿紙兄弟情誼和獻身精神：但是，把這些形容詞勾銷，其真正想說的是，他們之所以授予我這些勛章，僅僅因爲我是個美國人。從此以後，他們對我的態度便產生了一些變化，儘管我是與他們一起反對外來侵略的朋友。我是他們的朋友，不過，在他們讀過這些嘉獎令之後，我便永遠不再真正是他們當中的一員了。我跟他們有了隔閡，因爲他們獲取勛章的理由與我的很不一樣。我在戰場上受過傷，這倒是千真萬確的，但是我們都知道，其實受傷畢竟是一次意外事件。然而，我從來沒有爲這些綬帶感到過羞愧，只是在飲過雞尾酒以後，有時想到自己也曾做過他們爲追逐勛章而幹出的種種事情。在夜晚回家的路上，穿過商店皆已關閉和秋風瑟瑟下空蕩蕩的街道，而盡量在路燈不行走的時候，我才認識到我從來沒有幹過這類事情，我極其怕死，夜間一個人躺在床上經常感到死的恐懼，我真不知道我重返前線之後又該如何呢？

第三個佩戴勛章的軍人有如獵鷹；我對那些從未打過獵的人來說雖然像鷹，卻畢竟不是鷹。他們這三個人比我更明白，於是我們彼此便逐漸疏遠了。然而我與那個到前線第一天便受了傷的青年則一直是好朋友；他現在無從知道他是怎樣受傷的，結果他也不爲人所理睬：因爲我想他也許不會成爲一隻鷹，所以我才喜歡他的。

那個過去曾是武藝高強的擊劍師少校，並不信奉勇敢無畏，在我們進行機械醫療的過程中，他把大部分時間用在糾正我語法的錯誤上。他稱讚過我的義大利語，所以我們一起交談得十分順利。一天，我告訴他，義大利語對我來說是如此容易的一種語言，我對它已不很感興趣了，一切都這麼容易表達。「啊，不錯，」少校說。「嗨，那你爲什麼不重視語法呢？」於是我們開始學習語法。不久，義大利語對於我又成爲一種困難的語言了，我心裡必須先搞清語法關係才敢和他講話。

少校來醫院總是非常按時。雖然我敢說他不相信器械醫療，但是我知道他從來沒有耽誤過一天。有一度我們誰都不相信這些器械，某天，少校說，這全是瞎胡鬧。機器在當時是新玩意兒，拿我們來作試驗。他說，這是一種荒唐的主意，「跟別的理論一樣，又是一種理論。」我沒有學好語法，他便說我是個令人感到無限恥辱的笨蛋；還說，他不厭其煩地教我學習語法，也真太傻了。他身材矮小，端端正正地坐在椅子上，右手伸進機器裡，眼睛凝視著前面的牆壁，這時皮帶和它裡面的手指上下撲擊著。

「如果戰爭能夠結束的話，那你以後打算怎麼辦？」他問我。「你說話要合乎語法！」

「我要回美國去。」

「你結婚了吧？」

「沒有，可是我希望結婚。」

「那你簡直是個大傻瓜，」他說。他像是非常憤怒。「男人絕不能結婚。」

「爲什麼，少校？」

「不要叫我『少校』。」

「男人爲什麼不能結婚呢？」

「男人不能結婚。男人不能結婚，」他忿忿地說。「他要是明明知道他將來要喪失一切，他就不應當將自己置於這樣的處境。他不應當將自己置於喪失的處境。他應當去追求他不會喪失的東西。」他非常氣憤和悲痛地說著；在他講話的時候，他目不轉睛地注視著前方。

「但他爲什麼一定會失掉一切呢？」

「他一定會失掉的，」少校說。他默默注視著牆壁。然後，他低頭望著機器，將那隻小手猛地從皮帶間抽出，並用它狠狠地抽打他的大腿。「他一定會失掉的，」他幾乎大聲叫喊起來。「不要跟我爭論！」他招呼那個操縱機器的護理人員。「過來，把這該死的東西關掉。」

他到另外一間屋子裡進行輕微的治療和按摩去了。不久，我聽他問醫生能不能用一下他的電話，同時把門關上。當他重回到這個房間裡的時候，我正坐在另外一台機器上。他披著斗篷，戴著帽子，一直來到我機器跟前，把他的手臂放在我的肩膀上。

「很對不起，」他說，同時用他那隻好手拍我的肩頭。「我不是無理取鬧。我妻子剛剛去世。請務必原諒我。」

「啊——」我說，爲他感到悲傷。「我也很難過。」

他站在那裡，咬著下嘴唇。「這太難了，」他說。「我也很難控制自己。」

他的目光一直掠過我，投向窗外。然後，他開始哭了。「我的確不能控制自己了。」他抽噎著說。當即放聲哭了起來，仰著頭，眼睛視若無睹地觀望著；他神態威嚴，不失軍人氣概；他緊咬雙唇，兩頰掛著淚花，從機器旁邊走過，到門外去了。

醫生對我說，少校的妻子死於肺炎；她十分年輕，直到他確知殘廢而脫離戰爭以後，他們才結婚。她只病了三、五天，可是誰也想不到她會死。這天之後，少校有三天沒有到醫院。以後又跟往常一樣按時來了，軍服上戴著黑袖章。當他回到醫院的時候，牆壁上掛著鑲有鏡框的大幅照片，說明各種創傷在機器醫療前後的情形。在少校使用的器械前，是病情跟他一樣而完全恢復原狀的三張以手爲顯影內容的照片。我不知道醫生是從哪裡把它們弄來的。我一直認爲我們是第一次使用這些器械。少校的眼睛只盯著窗外，所以這些照片對他沒有產生多大影響。

三

像白象的小山

愛布洛山谷對面的小山呈白色，而且綿延不斷。火車站處立在兩線鐵路之間，其中一邊沒有遮蔭，沒有樹林，直接曝曬在太陽下。房屋的陰影處則是熱烘烘的，用竹珠串成的珠簾掛在通往酒吧間打開著的門上，用來阻擋蠅蟲之類闖入。一個女人陪伴著一個美國人坐在屋外涼棚下的一張桌子邊。天氣很熱，從巴賽隆納來的快車，四十分鐘內就要進站了。火車在這個站僅停兩分鐘，而後開往馬德里。

「我們喝點什麼？」女的問。她把帽子脫下放在桌子上。

「天氣相當熱，」男的說。

「我們喝點啤酒吧。」

「啤酒，」男的向珠簾內說。

「大杯的嗎？」女服務生向門口問。

「是的，兩大杯。」

女服務生帶來兩杯啤酒和兩塊方巾。她把方巾和啤酒放在桌子上，望了望這一對男女。女的向外望著那一線小山，小山在太陽下呈白色，這個鄉村看起來是一片棕黃乾枯的景象。

「這些小山看起來像白象，」她說。

「我從未見過這樣的山，」男的喝著啤酒。

「當然，你不會看過的。」

「也許我看過，」男人說。「妳說我不會看過，有什麼證明？」

女人望著珠簾。「他們在這珠簾上畫的是什麼？」她說。「那表示什麼？」

「桂末茴香子，是一種飲料。」

「我們來嚐嚐？」男人向珠簾說「喂」。女服務生從吧檯走出來。

「來兩份桂末茴香子。」

「加水的？」

「妳要加水嗎？」

「我不知道，」女人說。「加水好喝嗎？」

「好喝。」

「你們都要加水的？」女服務生問。

「是的，加水。」

「味道像甘草嘛，」女的放下杯子說

「這裡什麼東西都有這味道。」

「是的，」女人說。「這裡什麼東西都有甘草味。特別是你等得太久的東西，喝起來就像苦艾酒一樣。」

「啊，把它打開吧。」

「你來，」女人說。「我覺得很有趣，我竟然會有這樣一段快樂的時光。」

「嗯，讓我們盡情歡暢吧。」

「對，我正在做。我說過這些小山看起來像白象，那不正是白得發亮嗎？」

「正是白得發亮。」

「我想嚐嚐這種新飲料。我們所做的不也正如嚐試一種新飲料這樣的事情嗎？」

「我想也是。」

女人望著對面的小山。

「那些都是可愛的小山，」她說。「看起來並不是真的很像白象。我只是從山坡面樹木的顏色來看，才說這些小山像白象。」

「我們嚐嚐另一種飲料吧？」

「好啊。」

暖風吹著珠簾，珠簾的影子在桌上搖曳。

「啤酒很好很涼，」男人說。

「確實可愛極了，」女人說。

「那真的只是一個簡單的手術，姬格，」男人說。「其實根本說不上是個手術。」

女人望著桌腳下的地面。

「我想你不會在意吧，姬格?其實啤酒裡什麼也不是，只是一些氣泡。」

女人默然不語。

「我要跟著妳，我要一直跟妳在一起。他們剛才只是將啤酒盛起了許多氣泡，這樣很有自然風味。」

「我們以後怎麼辦？」

「我們以後會過得很好，就像我們以前一樣。」

「你怎麼會有這樣的想法？」

「這是我們唯一感到困擾的事，也是唯一使我們不愉快的事。」

女的望著珠簾，伸出她的手，握住兩串竹珠。

「你想我們將來一定會快樂幸福？」

「我知道我們一定會的，妳無須害怕。我知道許多人，他們都過著快樂幸福的生活。」

「我也希望以後跟他們一樣，」女人說。「跟他們一樣過得快樂又幸福。」

「呃，」男人說。「如果妳不這樣想，妳就不必去做。如果妳不這樣想，我也不要妳這樣去做。但是，我知道這種事很單純。」

「你真的想這樣做？」

「我想這樣做是最好不過了。如果妳不是真的想這樣做，我也不會勉強妳。」

「如果我這樣做，你就會快樂，就像他們那樣過得快樂又幸福，你就會愛我？」

「我現在就很愛妳。我知道我愛妳。」

「我知道，如果我那樣做，而後一切又都那麼美滿，如果我說事情都像白象那麼純美，你會喜歡嗎？」

「我會喜歡，我現在就很喜歡，只是我沒有這樣去想它就是了。妳知道當我擔憂時，我是如何來面對它。」

「只要我願意去做，你就不會那麼憂慮了。」

「事情是那麼單純，我並不須要憂慮。」

「那麼，我就去做，因爲我對自己並不十分關心。」

「妳是什麼意思？」

「我不太關心我自己。」

「好啦，我會非常關心妳的。」

「嗯，好吧。我不關心我自己。只要我這樣做，一切都會美好起來。」

「如果妳那樣想，我也不強求妳那樣做。」

女人站起來，走向車站的尾端。對岸是稻田，沿著愛布洛河兩岸是樹林。河的前方遠處是山巒。雲影移過稻田，她透過樹林望著河流。

「我們可以享有這一切，」她說。「我們原可享有這一切，但是我們卻一天天把這原可享有的事物弄成不可復得。」

「妳說什麼？」

「我說我們可能享有這一切。」

「我們可以享有一切的。」

「不，我們辦不到。」

「我們可以擁有這整個世界。」

「不，我們辦不到。」

「我們什麼地方都可以去。」

「不，我們辦不到的。那不是屬於我們倆的天地。」

「是屬於我們倆的。」

「不，不是的。在流逝的時光中，一旦失去，你就無法再拾回。」

「但是時光並未帶走我們。」

「我們等著瞧吧。」

「走吧，到蔭涼的地方去，」他說。「妳沒有必要這樣想的。」

「我並不是胡思亂想，」女的說。「我只知道事實就是這樣。」

「我不要妳去做妳所不願做的任何事──」

「這樣對我也沒有什麼不好，」她說。「我知道。我們再喝點啤酒吧？」

「好，但是，我要你明白──」

「我會明白的，」女人說。「我們不要再談下去了好嗎？」

他們在桌前坐下，女人望著對面山巒的乾瘠山谷，男人看看她，又望望桌子。

「妳一定要明白，」他說。「如果妳不願意做，我是不會勉強妳去做的。要是妳認爲這件事很值得去做的話，我是絕對會去承擔將來的一切。」

「難道這對你就不值得去做嗎？我們可以在一起生活得很愉快的。」

「當然可以，但是我只要妳一個人。我不會去愛其他的人，我知道事情就是那麼單純。」

「這就對了，你能體會到這就是件那麼單純的事。」

「妳這樣說我就放心了，我敢說我是確實體會得出來的。」

「你現在可以爲我做件事情嗎？」

「爲妳做任何事我都願意。」

「我求你，一千個一萬個求你，求你別再談下去了，好嗎？」

他沒有再說什麼，只是望著靠在火車站牆壁上的行李袋。袋上有他們住過的旅社籤條。

「其實，我並不要妳做什麼，」他說。「我什麼也不在乎。」

「我可要尖叫了。」女的說。

女服務生從珠簾走出來，帶著兩杯啤酒，放在濕毛巾上。「火車五分鐘之內就要進站了。」她說。

「她說什麼？」女人問。

「火車五分鐘之內就要進站了。」

女的笑著向女服務生表示感謝。

「我還是把行李袋拿到車站那邊去比較好，」男人說。她對他微笑著。

「好吧，等你回來我們把啤酒喝完。」

他把兩個重重的行李袋提起來，繞到車站的另一邊。他望著鐵道，沒有看見火車過來。他回到酒吧間這邊，旅客在那兒喝著啤酒候車。他一邊喝著那杯桂末茴香子，一邊望著那些候車的旅客，他們怡然自得地在那裡候車。他從珠簾走出來，她仍坐在桌前對他微笑著。

「你覺得好多了吧？」他問。

「我很好，」她說。「我並沒有什麼不舒服的地方，我很好嘛。」

四 殺人者

亨利餐廳的門開著，有兩個人走了進來。他們挨著吧檯坐下。

「你們想吃點什麼？」喬治問他們。

「我不知道，」其中一個說。「你想吃什麼，艾爾？」

「我不知道，」艾爾說。「我不知道想吃什麼。」

外邊，天色漸漸暗了下來。窗外的路燈亮了。這兩個人看著菜單。尼克．亞當在吧檯另一頭看著他們。他們進來的時候，他正跟喬治在說話。

「我要一客烤嫩豬肉，配蘋果醬煎馬鈴薯。」第一個人說。

「這菜還沒準備好。」

「那你們爲什麼寫在菜單上面？」

「那是晚餐，」喬治說。「六點鐘才有。」

喬治看了看吧檯後面牆上的鐘。

「現在五點鐘。」

「鐘上是五點二十。」第二個人說。

「這鐘快了二十分。」

「噢，該死的鐘，」第一個人說。「那你們有什麼可吃的？」

「有各種三明治，」喬治說。「你可以要火腿蛋，燻肉蛋，肝跟燻肉，或者，來塊牛排。」

「來一客炸雞肉餅，加青豆、奶油果醬和麥芽糖煎馬鈴薯。」

「那是晚上的菜。」

「我們要的都是晚上的菜嗎?你們就是這樣做生意的嗎?」

「有火腿，燻肉蛋，肝——」

「我要份火腿蛋。」名叫艾爾的那個人說。他頭戴禮帽，身穿胸前橫扣的黑大衣。他的臉孔瘦小而白皙，繃緊著嘴唇。他圍著一條絲綢圍巾，戴著手套。

「我要燻肉蛋。」另一個說。他身材跟艾爾一樣大小。他們臉孔和外型不一樣，可是穿得像一對雙胞胎。兩個人的大衣都繃得很緊。他們坐在那兒，身子往前傾，手肘靠在吧檯上。

「有什麼喝的？」艾爾問。

「有啤酒、佐餐酒、薑麥酒。」

「我問你有什麼可喝的烈酒？」

「就是我說的這些。」

「這是個很不簡單的鎮，」那一個說。「他們叫它什麼？」

「頂峰鎮。」

「聽說過嗎？」艾爾問他朋友。

「沒有。」那朋友說。

「他們這兒晚上幹什麼？」

「吃正餐，」他朋友說。「他們到這兒來，晚餐都吃正經的大菜。」

「一點也不錯。」喬治說。

「你覺得一點也不錯嗎？」艾爾問喬治。

「當然。」

「你這小伙子挺聰明伶俐，是不是？」

「當然。」喬治說。

「唔，你並不聰明，」那個小個子說。「是他嗎，艾爾？」

「他是啞巴，」艾爾說。他轉向尼克。「你叫什麼名字？」

「亞當。」

「又是個聰明伶俐的小伙子，」艾爾說。「是個聰明的小伙子嗎，麥克斯？」

「這鎮上聰明小伙子多。」麥克斯說。

喬治把兩盤菜放在櫃檯上，一盤火腿蛋，一盤燻肉蛋。他放下兩碟炸馬鈴薯做配菜，同時關上通往廚房的那扇小門。

「哪一盤是你的？」他問艾爾。

「你不記得了？」

「火腿蛋。」

「真是個聰明人。」麥克斯說。他往前拿火腿蛋。兩人都戴著手套吃。喬治楞楞地看著他們吃。

「你看什麼？」麥克斯望了望喬治。

「沒看什麼。」

「該死的東西！你是在看我。」

「說不定這傢伙是鬧著玩的，麥克斯。」艾爾說。

喬治笑了起來。

「你不要這樣笑，」麥克斯對他說。「你根本就不必這樣笑，明白嗎？」

「明白。」喬治說。

「他以為他明白。」麥克斯轉過來對艾爾說。「他以為他明白。好小子。」

「嗯，他是個思想家。」艾爾說。他們繼續吃著他們的東西。

「吧檯那頭的那個聰明傢伙叫什麼名字來著？」艾爾問麥克斯。

「嗨，聰明人，」麥克斯對尼克說。「你和你朋友到吧檯那一邊去。」

「什麼意思？」尼克問。

「沒什麼意思。」

「你最好過去，聰明人。」艾爾說。於是尼克繞到吧檯後面去了。

「這是什麼意思？」喬治問。

「他媽的你甭管，」艾爾說。「誰在廚房裡？」

「那個黑人。」

「什麼意思，那個黑人？」

「做菜的。」

「叫他進來。」

「幹嘛？」

「叫他進來。」

「你們以爲你們是在什麼地方？」

「我們知道得他媽的很清楚是在什麼地方，」那個叫麥克斯的人說。「我們的樣子傻嗎？」

「你說傻話，」艾爾對他說。「你他媽的跟孩子吵什麼?聽著，」他對喬治說，「叫那個黑人到這兒來。」

「你們要對他幹什麼？」

「沒什麼。你動動腦子，聰明人。我們會對黑人幹什麼？」

喬治打開通往廚房的窄門。「山姆，」他叫道。「你進來一下。」

通往廚房的門開了，黑人進來。「什麼事？」他問。這兩個在吧檯邊上的人看了他一眼。

「對啦，黑鬼，你就乖乖站在那兒。」艾爾說。

黑人山姆腰繫圍裙站著，看著這兩個人。「是的，先生。」他說。艾爾從凳子上滑下來。

「我跟黑鬼和聰明人回廚房去，」他說。「回廚房去，黑鬼。你跟他一起去，聰明人。」小個子跟在尼克和廚子山姆後面，回到廚房。他們一進門就把門關上。那個名叫麥克斯的人則坐在吧檯邊上，面對著喬治，他眼睛不看喬治，卻看著吧檯後面那一排鏡子。亨利餐廳原來是由小酒店翻造的，已經擴大爲可以供應餐點並且兼有吧檯的規模。

「唔，聰明的小伙子，」麥克斯說，一邊望著鏡子，「你爲什麼一言不發？」

「這究竟是怎麼回事？」

「嗨，艾爾，」麥克斯叫道，「聰明人想知道這是怎麼回事？」

「你幹嘛不告訴他呢？」艾爾的聲音從廚房裡傳來。

「在你看來是怎麼回事？」

「我不知道。」

「你認爲是怎麼回事呢？」

麥克斯一邊說話，眼睛一直看著鏡子。

「我不想說。」

「嗨，艾爾，這聰明的小伙子耍賴，他不想說他認爲這是怎麼回事。」

「好啦，我聽得見，」艾爾在廚房裡說。他已經用醬油瓶子推開小門，那門是爲了把盤子傳到廚房裡用的。「聽著，聰明人，」他對喬治說。「你站得離吧檯遠一點。麥克斯，你往左邊靠一靠。」他像是照相師在布置拍團體照似的。

「你說，聰明人，」麥克斯說。「你想會發生什麼事？」

喬治一句話也不說。

「我告訴你，」麥克斯說。「我們要殺一個瑞典人。你認識一個大個子，名叫奧爾·安德瑞森的瑞典人嗎？」

「嗯，我認識。」

「他每天晚上到這兒吃晚飯，對不對？」

「有時候會來。」

「他是六點鐘到這兒，對不對？」

「如果來的話就六點。」

「這些我們都知道，聰明人，」麥克斯說。「說說別的吧。你看過電影嗎？」

「偶爾看看。」

「你應該多看看電影。像你這樣聰明的小夥子，多看電影有好處，優美而令人愉快。」

「你們爲什麼要殺奧爾·安德瑞森？他跟你們有什麼過不去的梁子？」

「他沒機會做過什麼對不起我們的事。他見都沒見過我們。」

「其實他也只能見到我們一次。」艾爾從廚房裡說。

「那你們爲什麼要殺他？」喬治問。

「我們是爲了一個朋友要殺死他。受一位朋友的委託，聰明人。」

「閉嘴，」艾爾從廚房裡說。「你說得他媽的太多了。」

「我只是讓這聰明的小伙子開開心。你說呢，聰明人？」

「你說得他媽的太多了，」艾爾說。「黑鬼跟這個聰明的小伙子會明白該怎麼自處的。我把他們捆得像修道院裡的一對女朋友。」

「我猜你在修道院也幹過這樣的事。」

「你永遠也別想知道。」

「你住過合於猶太法律的清淨修道院。你就在那裡幹過吧。」

喬治抬頭看了看牆上的掛鐘。

「如果有什麼人進來，你就對他們說，廚子出去啦，要是他們還不肯走，你就告訴他們，你必須自己到廚房給他們做去。聽明白了吧，聰明的小伙子？」

「聽明白了，」喬治說。「可是事過以後你們要把我們怎麼辦？」

「那要看情況囉，」麥克斯說。「這種事一時之間不好說。」

喬治抬頭看鐘。六點一刻。臨街的門開了。一個電車司機進來。

「你好呀，喬治。」他說，「晚飯有了嗎？」

「山姆出去了，」喬治說。「大概過半小時回來。」

「那我上街那一頭去吧。」司機說。喬治看鐘。六點二十分。

「好，聰明的小夥子，」麥克斯說。「你真是個懂規矩的人。」

「他怕我打掉他的腦袋。」艾爾從廚房裡說。

「不，」麥克斯說。「不是這麼回事。這聰明人不錯，是個好小子。我喜歡他。」

六點五十五分時，喬治說：「他不會來了。」

這期間又有兩個人來過餐廳。其中有一次喬治進廚房做了客火腿蛋三明治，給一個客人帶回去吃。在廚房裡面，他看見艾爾，禮帽搭在後腦勺，坐在小門旁邊凳子上，一支短銃霰彈槍的槍口挨著架子靠著。尼克和廚子背靠背待在角落裡，兩人嘴裡各塞了一條毛巾。喬治做好了三明治，用油紙包上，裝進口袋，那客人付了錢便走了。

「聰明人樣樣都會幹，」麥克斯說。「他會做菜，什麼都會。你可以教出一個好老婆來，聰明的小伙子。」

「真的嗎？」喬治說。「你的朋友奧爾．安德瑞森不會來了。」

「再等他十分鐘。」

麥克斯看著鏡子，又看看鐘。時針已指向七點，接著是七點五分。

「來吧，艾爾，」麥克斯說。「咱們走吧。他不會來了。」

「再等五分鐘。」艾爾從廚房裡說。

就在這五分鐘內又進來一個客人，喬治對他說廚子病了。

「你們爲啥不再雇一個廚子？」那人說。「你們不是開始在經營餐點嗎？」他說完就走了出去。

「走吧，艾爾。」麥克斯說。

「這兩位聰明人跟黑人怎麼辦？」

「他們沒事。」

「你說沒事？」

「當然。我們已完事了。」

「我不喜歡這樣，」艾爾說。「不乾淨俐落。你話說得太多。」

「啊，管他的，」麥克斯說。「我們也得開開心啊，是不是？」

「反正，你話說得太多了。」艾爾說。他從廚房出來。他的大衣太緊，短銃槍在他腰部下面微微鼓起。他戴著手套把大衣捋平。

「再見，聰明人，」他對喬治說。「算你走運。」

「真的，」麥克斯說。「你應該去賭賽馬，聰明人。」

這兩人走出門去。喬治從窗戶望著他們從街燈下走過，穿過街去。他們穿著緊身外套，戴著圓頂硬氈帽，像是玩雜耍的，令人發噱。待他們消失後，喬治推開轉門，走進廚房，給尼克和廚子鬆綁。

「我受不了那毛巾。」廚子山姆說。「我吃不消啦。」

尼克站了起來。以前他也從沒讓人在嘴裡塞過毛巾。

「我說，」他說。「怎麼一回事？」他想抖去這種恐懼感。

「他們要殺奧爾・安德瑞森，」喬治說。「他們想在他進來吃飯的時候槍殺他。」

「奧爾・安德瑞森？」

「不錯。」

廚子用兩個拇指按按他的嘴角。

「他們都走了嗎？」他問。

「走了，」喬治說。「現在他們已經走了。」

「我不喜歡這種事。」廚子說。「我一點也不喜歡。」

「喂，」喬治對尼克說。「你最好去看看奧爾・安德瑞森吧。」

「好吧。」

「你們最好不要沾惹這種事，」廚子山姆說。「你們最好離得遠遠的。」

「你不想去就不要去。」喬治說。

「蹚這種渾水對你們沒好處，」廚子說。「還是躲開點兒吧。」

「我去看他，」尼克對喬治說。「他住在什麼地方？」

廚子走開了。

「毛孩子總是不知道天高地厚。」他說。

「他住在希爾契出租公寓裡。」喬治對尼克說。

「我這就去。」

外邊，街燈從光禿禿的樹枝間照下來。尼克沿著電車道走去，到了下一盞街燈拐進一條行人道上。街旁三座房子就是希爾契公寓。尼克走上兩級台階。他按了按門鈴。一個女人來開門。

「奧爾・安德瑞森住在這兒嗎？」

「你要見他？」

「是的，他要是在家的話。」

尼克隨著那女人走上一段樓梯，轉到走廊的末端。她敲門。

「誰？」

「有人來看你，安德瑞森先生。」女人說。

「我是尼克・亞當。」

「進來。」

尼克推開門，走進房裡。奧爾・安德瑞森和衣躺在床上。他原是重量級拳擊手，個子太高，床容不下。他枕著兩個枕頭躺在那裡，並不看尼克一眼。

「什麼事？」他問。

「我是亨利餐廳的，」尼克說，「有兩個人來過餐廳，把我和廚子綁起來，他們說要殺你。」

他的話聽來有點可笑。安德瑞森沒說什麼。

「那兩個傢伙把我們關在廚房裡，」尼克繼續說。「他們要在你進餐館吃晚飯的時候射殺你。」

奧爾．安德瑞森望著牆，還是一聲不吭。

「喬治覺得我最好來告訴你一聲。」

「對於這樣的事，我也沒有什麼辦法可想。」安德瑞森說。

「我可以告訴你他們是什麼樣子。」

「我不想知道他們是什麼樣子，」安德瑞森說。他凝視著牆壁。「謝謝你跑來告訴我。」

「那沒什麼。」

尼克望著躺在床上的這條彪形大漢。

「你要不要我去報警？」

「不用去，」安德瑞森說。「那沒有什麼用處。」

「我有什麼可以幫忙的嗎？」

「沒有。沒有什麼忙可以幫。」

「說不定就只是恐嚇罷了。」

「不，這並不是恐嚇。」

奧爾．安德瑞森翻過身去，面朝牆壁。

「唯一的一件事是，」他朝著牆壁說，「我還沒有打定主意走出去。我整天待在這兒。」

「你不能離開這個小鎮嗎？」

「不能那樣做，」奧爾．安德瑞森說。「我要完成四個星期的跑步鍛鍊計畫。」

他凝望著牆壁，「現在沒有什麼辦法了。」

「你不能想辦法把這件事解決掉嗎？」

「想不出有什麼辦法。我做錯了事，」他仍然用這樣平板的聲音說話。「沒有什麼辦法。過一會兒，我會打定主意到外邊去。」

「我要回去看喬治去了。」

「再見，」奧爾．安德瑞森說。他沒有朝尼克的方向看。「謝謝你來一趟。」

尼克走出去。他關門的時候看見安德瑞森和衣躺在床上，還是望著牆壁。

「他已經在房裡待了一整天，」樓下女房東說。「我看他是不舒服。我跟他說過：『安德瑞森先生，你應當出去走走，像這麼晴朗的秋天，你應該出去散散步。』可是他不願意出去。」

「他只是目前不想出去吧。」

「他不舒服，真叫人難過，」女人說。「他是個大好人，你知道，他是拳擊場裡討生活的。」

「我知道。」

「你若不看到他臉上那副樣子，不會相信他是拳擊場裡的。」女人說。他們站在臨街的門裡說話。「他真是一個溫文有禮的人。」

「好吧，希爾契太太，再見。」尼克說。

「我不是希爾契太太，」女人說。「這是希爾契太太的房子。我只是在替她看管。我是貝爾太太。」

「那麼，晚安，貝爾太太。」尼克說。

「晚安。」女人說。

尼克沿著黑暗的街道走去，在冷清街燈的拐角轉彎，沿電車道走到亨利餐廳。喬治正在吧檯後面。

「你見到奧爾了嗎？」

「見到了，」尼克說。「他在屋裡，沒有出門。」

廚子聽見尼克的聲音，從廚房推開門。

「我聽都不想聽。」他說著關上門。

「你把事情告訴他了嗎？」喬治問。

「我當然告訴他了，他也全都知道了。」

「他打算怎麼辦？」

「不怎麼辦。」

「他們會殺死他的。」

「我看也是。」

「他一定是在芝加哥惹下了什麼事。」

「我看也是。」尼克說。

「簡直是糟糕透頂的事情。」

「可怕的事情。」

他們沒有說下去。喬治拿過一條毛巾來擦拭吧檯。

「我懷疑他到底幹過什麼事？」尼克說。

「或許是出賣了什麼人。他們通常因爲這個原因而殺人。」

「我要離開這個鎮。」尼克說。

「嗯，」喬治說。「走了也好。」

「他就這麼在家裡待著，明明知道自己會讓人殺死，我一想到這個，就受不了。這真他媽的太可怕了。」

「那，」喬治說，「你最好別去想它。」

五

你何以為國賭命？

通道時而艱難時而平坦，但即使在清晨也都是漫天塵埃。下面是種有橡樹和核桃樹的山嶺，遙遠的下方是海，在另一邊則是積雪的山巒。

我們從隘口下來，經過樹木蓊鬱的鄉野。路旁堆著裝木炭的袋子，從樹林中我們可以看到燒炭者的茅屋。這是星期天，從高處的隘道直通而下是起伏不定的山路，我們一路跋涉，經過了矮樹林與村落。

村落外有葡萄園，園地的泥土呈棕黃色，葡萄藤粗大而濃密。房屋是白色的，街上的行人穿著星期天的服裝，在那裡玩木球。靠著房屋的外牆處，有的種植梨樹，梨樹像大燭臺那樣映在牆壁上。梨樹經過噴霧器噴灑過，在牆上留有噴灑物的深綠金屬光澤。村落附近有小的開墾地，那裡也種植葡萄，再往前便是森林。

在史匹茲亞上方距離兩萬公尺的村落裡，廣場上有一群人，一個年輕人提著一隻手提箱，走向一輛汽車，要求我們讓他上車，帶他到史匹茲亞去。

「那邊兩處都已被佔領，」我說。我們有部雙座四輪輻特汽車。

「我只坐到那裡的外邊。」

「你不會坐得舒服的。」

「沒有關係，我一定要到史匹茲亞去。」

「我們可以帶他嗎？」我問古伊。

「他像是一定要離開這裡，」古伊說。那個年輕人從車窗遞進一個包裹。

「幫我放好這個，」他說。我們把他的手提箱放在車後，放在我們的手提箱上面。他跟大家握手解釋說，對一個法西斯主義者來說，他已習慣不舒服的旅途，他爬上車子左面的踏板，右手臂從開著的車窗，向裡邊緊緊挽住。

「你們可以起程了，」他說。群眾揮手，他那隻空著的手向他們揮動。

「他說什麼？」古伊問我。

「他說我們可以起程了。」

「他是個好人嗎？」古伊說。

路沿著河流，河流對岸是山嶺。太陽蒸發了草上的霜。陽光很明亮，空氣很冷，風從窗口吹進來。

「你怎麼知道他喜歡攀在車外？」古伊向上望著路。他車旁的視線給那位客人阻擋住了。那個年輕人在車旁懸攀著身子，就像船的船首。他把外衣領子向上翻起，而將帽子向下壓低，他的鼻子在風中顯得很冷。

「也許他已受夠了，」古伊說。「那邊是輪胎最顛簸的地方。」

「如果我們不走了，他會離開的，」我說。「他不想弄髒他的外衣。」

「好吧，我也不在意他了，」古伊說。「除非他要換邊，我們再停車。」

樹林過去了，道路離開了河流向上行；汽車的冷卻器愈來愈燙；那個年輕人顯得焦慮不安，疑惑地望著那冒著蒸氣的髒水；引擎在隆隆響著。古伊的兩隻腳在掣動板和油門板上上下下、前前後後動著，最後縮回放平。引擎牽動的情形停止了，靜止下來後冷卻器裡發出攪拌的大泡沫來。我們停在史匹茲亞與海上方最後的山脊路上。道路急行下轉，很勉強地彎了個圈子。我們的客人當車子轉彎時，身子便向外懸掛著，幾乎將車身上部也懸空傾軋起來。

「你不能叫他不這樣，」我對古伊說。「他已知道控制自己。」

「這就是所謂偉大的義大利式理性。」

「這是最偉大的義大利式理性。」

我們繞過一個弧形彎道，輾過濃重的塵土，把灰塵飛揚散落在橄欖樹上。史匹茲亞就沿著海岸展現在眼前。路在鎮外已呈平坦。我們的客人把他的頭伸進車窗裡來。

「我要下車了。」

「停車，」我對古伊說。

我們在路邊慢下來。那個年輕人下了車，走到車後，解下他的手提箱。

「我在這裡下車，以免你們因讓旅客搭便車而遭到麻煩，」他說。「我的包裹。」

我把他的包裹遞給他。他把手伸到口袋裡去。

「我該給你們多少錢？」

「不要錢。」

「爲什麼不要錢？」

「我不知道爲什麼，」我說。

「那麼，謝了，」那位年輕人說，他不是說「謝謝您」，或「非常感激您」，或「萬分感激您」，他都沒有表達一個人在義大利交一份時間表或答覆問路時禮貌上應有的感謝詞。年輕人表達的只是最不成敬意的「謝了」。而且當古伊開動汽車時，他在後面投以懷疑的眼光。我向他揮揮手。他很神氣地在那兒沒有任何回報的手勢。我們驅車進入了史匹茲亞。

「這就是年輕人在義大利要長途跋涉的樣子，」我對古伊說。

「嗯，」古伊說。「他與我們共同越過了兩萬公尺的路程呢。」

在史匹茲亞用餐

我們進入史匹茲亞，在那兒尋找用餐的地方。街道寬廣，房子高而呈黃色。我們的車子跟著電車進入市中心。房子牆壁上貼著用範本印刷的墨索里尼那暴凸著眼珠的肖像，並附有手寫的「萬歲，萬萬歲」的文字，還有用黑漆畫的一個雙線的V字形標誌，牆下有油漆滴落的痕跡。另外還有叉道南行通往海港。這天是個陽光明麗的日子，大家都外出去度星期假日。街上鋪的石塊似已洗淨，一塊塊顯露出潮石的塵土，我們靠近砌石邊走，以閃開電車。

「我們到什麼地方去吃點簡單的東西吧，」古伊說。

我們在對面兩塊招牌下停下來，我們先站在對街，我買了一份報紙。兩家旅館並列相鄰。站在門口的一個女人向我們其中一個微笑，我們越過街道走進店裡去。

裡面很暗，房間後部有三個年輕的女孩跟一個老婦人坐在桌邊。我們對面，另外一張桌邊坐著一個水手。他坐在那裡既不吃什麼，也沒有喝什麼。再往後是一個穿藍色禮服的青年在桌子上寫東西。他的頭髮梳整得很光亮，衣著入時，臉面光澤照人。

從門口透來光亮，靠窗的地方有蔬菜、水果、牛排、排骨等食物展示著。當我們看菜單的時候，招呼我們的那個女孩把一隻手臂繞著古伊的脖子。一共只有三個女孩，她們輪流到門口去守望。房間後部桌邊的老婦對她說話，而後三個女孩又跟她一起坐著。

除了到廚房去之外，室內沒有其他的門。廚房那邊的門掛著一塊布幔。爲我們點菜的那個女孩從廚房過來，帶著細通心粉。她把細通心粉放在桌子上，還帶來一瓶紅酒，而後在桌邊坐下來。

「噢，」我對古伊說。「你想找個地方簡單吃吃。」

「這可不簡單，而是相當複雜了。」

「你說什麼？」女孩問。「你們是德國人嗎？」

「德國南方人，」我說。「德南人是溫文儒雅而可愛的人。」

「我不瞭解，」她說。

「這地方在耍什麼花招？」古伊問。「難道是我叫她把手臂繞在我的脖子上嗎？」

「當然，」我說。「墨索里尼已經取消妓院，這是一家餐館。」

女孩穿著連衣裙，她身子向前依靠在桌子上，把兩隻手放在胸脯上媚笑著。她一邊媚笑，一邊很和善的轉身向著我們。那和善的一邊臉像經過了不少滄桑，使得鼻子像塗上熱蠟那麼平滑。但是她的鼻子並非如同蠟質那麼光滑，只是很平滑、很冷、很厚實罷了。「你喜歡我嗎？」她對古伊說。

「他非常欣賞妳，」我說。「但是他不會說義大利語。」

「我會說德語，」她說，一邊拍著古伊的頭髮。

「用你的家鄉話跟那位女孩講話，古伊。」

「妳出生在什麼地方？」他問那位女孩。

「波賽頓。」

「你會在這裡待一陣嗎？」

「在這個可愛的史匹茲亞小鎮上？」我問。

「告訴她我們一定要離開，」古伊說。「告訴她我們都病得很重，並且我們都沒有錢。」

「我的朋友是個討厭女人的人，」我說。「他是個討厭女人的舊式德國人。」

「告訴他我愛他。」

我告訴了他。

「你能不能閉上你的嘴?我們要離開這兒，」古伊說。那位女孩把另一隻手臂繞著他的脖子。

「告訴他，他是我的人，」她說。我告訴了他。

「你不能設法使我們擺脫這兒嗎？」

「你們在爭吵，」那個女孩說。「你們不能相互愛護。」

「我們是德國人，」我很驕傲的說。「老式的德南人。」

「告訴他，他是個英俊的男人，」那個女孩說。古伊三十五歲，他因爲他的長相時常被誤認爲是法國的旅行推銷員，而引以爲傲。

「你是個英俊的男人，」我說。

「誰說的？」古伊問。「是你還是她？」

「是她說的，我只是你們的翻譯員，這不就是你帶我同行的目的？」

「我很高興是她說的，」古伊說。「我並不想讓你留在這裡。」

「我不知道。史匹茲亞是個美麗的地方。」

「史匹茲亞，」那位女孩說。「你們是在談論史匹茲亞。」

「很美的地方，」我說。

「這是我的國家，」她說。「史匹茲亞是我的家鄉，義大利是我的國家。」

「她說，義大利是她的國家。」

「告訴她，這只是看起來像她的國家，」古伊說。

「你要吃什麼餐後點心？」我問。

「水果，」她說。「我們有香蕉。」

「香蕉很好，」古伊說。「香蕉有皮很好。」

「啊，他決定吃香蕉，」女孩說。她擁抱古伊。

「她說什麼？」他問，仍然把臉向外轉開去。

「因爲你要吃香蕉，她很高興。」

「告訴她我不吃香蕉。」

「這位先生不吃香蕉。」

「哦，」女孩沮喪地說。「他不吃香蕉。」

「告訴她我每天早晨都洗冷水澡。」

「我聽不懂，」女孩說。

我們對面的那位闊氣的水手沒有移動，這裡沒有一個人注意他。

「我們要付帳了，」我說。

「噢，不，你們要留下來，不要走嘛。」

「嘿，」在桌上寫東西的那個俊秀青年人說。「隨便他們去吧。這兩個人沒有什麼價值。」

女孩握著我的手說：「你不要留下來？你不叫他留下來？」

「我們一定要走，」我說。「我們要到比薩去，如果可能的話，今晚我們要到斐倫茲。

我們在那些城市可以消磨這一天。現在還是白天，我們要趕一程。」

「再多待一會兒才好。」

「趁白天趕路要緊。」

「嘿，」那個俊秀的年輕人說。「不要再跟這兩個人多費唇舌。我跟妳們說過，這兩個人一文不值，我是知道的。」

「給我帳單，」我說。她從那個老婦人那兒把帳單帶過來，走回去，坐在桌邊。另外一個女孩從廚房進來，她走過房間，站在門口。

「不要管這些傢伙了，」那個面孔嚴峻的年輕人以厭煩的語調說。「進來吃飯吧，他們不值一文。」

我們付了帳單起身。所有的女孩子，以及老婦人和那個俊秀的青年人都一起圍坐在一張桌子旁邊。那個闊氣的水手雙手抱頭坐著，當我們在吃午餐的時候，都沒有一個人跟他說話。有個女孩找給我們零錢，那是那個老婦人數給她的，而後又回到她們的桌邊去了。我們在桌上留下小費，然後走出去。當我在車子座位上坐定，要發動車子的時候，有個女孩出來站在門口。我們啓程了，我向她揮手。她站在那裡沒有揮手，只是目送我們離去。

雨後

當我們經過吉諾亞郊區時，雨下得很大。我們的車子在電車及貨車後面走得非常慢，泥漿濺向人行道，因此，當行人看到我們時，他們都往門裡邊跑。在吉諾亞郊外工業區桑比亞達倫納，有一條二線道的街面，我們在街道中央行駛，以免把泥漿濺到收工回家的人身上。道路左邊是地中海，一片驚濤駭浪，海風將浪花的濺沫吹打到汽車上來。當我們經過時，朝義大利走向的河床寬廣、多石而乾燥，河堤都是土黃色。棕色的河水染黃了海水，向海中延伸，浪愈來愈稀薄，有清流斷層面，光線射過黃水和浪頭，隨風搖曳，而後海風再掃過路面。

一輛大車子越過我們，風馳電掣地掠起一片泥水，濺在我們車子的擋風玻璃和冷卻器上。自動雨刷把泥水在玻璃板上刷成膠狀的一片。我們停下車來，在西斯萃吃午飯。飯館裡沒有暖氣，我們仍戴著帽子，穿著外衣。經由窗戶可以看到外面的車子。車子已是滿身泥漿地停在幾條小船停靠的岸邊，小船是被風浪擠擱在一起。餐館裡你可以看到自己呼出的熱氣。

義大利炒麵味道不錯，義大利酒嚐起來有明礬味道，我們把水滲進去喝。然後服務生帶來牛排和炸馬鈴薯。在餐館的最末端坐著一男一女。男的中年模樣，女的還很年輕，膚色黝黑。在我們吃飯的這段時間，她一直把牙齒露在冷濕的空氣中，男的則望著搖搖頭。他們沒有說話，男的在桌下抓住她的手。她面貌秀麗，但是他們的神色似乎顯得非常哀傷。他們的身邊放著旅行袋。

我們身邊有報紙，我大聲把中國人在上海抗日的消息唸給古伊聽。飯後，他跟服務生離開去找一個空房間。我用一塊布擦擋風玻璃和車燈，以及貼在玻璃上的證明卡。古伊回來了，我們回到外邊停放的汽車上，又啓程了。下車後，服務生帶他越過大路，進入一間舊房子。房子裡的人們顯然有些疑神疑鬼，服務生一直跟著古伊，儼然在監視我們有沒有偷什麼東西。

「雖然不知道怎麼回事，但我不是好欺負的鉛管工人，他們竟以爲我想偷什麼東西，」古伊說。

我們到達鎮上的岬地，狂風急吹車子，幾乎把車子掀翻掉。

「把我們吹到海裡去倒也不錯，」古伊說。

「嗯，」我說。「大狂風曾把雪萊吹入海中，淹死在這兒某處。」

「下面就是維亞利吉奧了，」古伊說。「你還記得我們來這個國家的目的嗎？」

「記得，」我說。「但是我們沒有辦到。」

「我們今晚要離開這裡。」

「我們如能通過芬提米格里亞，就可以脫身了。」

「等著瞧吧。我也不喜歡在夜晚駕車走這條海岸線。」這時是午後不久，陽光普照，風吹著藍色的海，海浪向沙伏那吹去。岬地前是一片黑色，這裡是藍色的海水與棕色的河水交匯之處。在我們前面出現一大團蒸氣從海岸線向上騰昇。

「你還能望見吉諾亞嗎？」古伊問。

「嗯，看得見。」

「下一個大岬角會擋住視線。」

「我們還可以望好一段時間呢，我們仍然可以望見那後面的坡托芬諾岬角。」

終於，我們望不見吉諾亞了。當我們出了鎮界，我反身回顧，只見茫茫一片大海，下面海灣是一線停有漁船的海灘，上面山邊是另一個小鎮，然後看到岬角在下方海岸線遠處。

「現在吉諾亞不見了，」我對古伊說。

「噢，已過了那麼久一段時間。」

「但是我們還不能確定是否已經真的脫身了。」

前面有個標誌，指示有S形彎路轉彎和梭弗爾塔匹里柯洛沙地名的字樣。道路沿著岬地成弧形向前展開，風吹著擋風玻璃嘎嘎發響。岬地下方是海邊的平坦地。風吹乾了泥漿，輪子揚起塵土。在平坦的路上，我們面前經過一個騎腳踏車的法西斯黨員，他背上的槍套裡有一把左輪。他騎行在路中央，我們的車子向外拐。當我們經過時，他仰望著我們。前面橫著一條鐵路，我們向鐵路駛去的時候，柵門放下來了。

我們在那兒等著，那個騎腳踏車的法西斯黨員趕上來了。火車經過後，古伊發動引擎。

「等一等，」那個騎腳踏車的在車後大叫。「你們的車號很髒，字跡看不清楚。」

我帶著破布下車。號碼是在午餐時擦拭乾淨的。

「你可以把車號唸得出來，」我說。

「你以為是那樣嗎？」

「唸嘛。」

「我沒有辦法唸出來，車號髒了。」

「我用破布擦拭號碼。」

「怎麼樣？」

「罰二十五里拉。」

「什麼？」我說。「你可以看清楚號碼的，只是因為道路的關係弄髒了一點。」

「你不喜歡義大利的道路，是嗎？」

「路很髒嘛。」

「那麼，罰五十里拉。」他在路上吐了口痰，接著說，「你們的車子髒，你們的人也很髒。」

「好吧，那麼開張罰單給我們，簽上你的名字。」

他掏出一本簿子，是雙聯單的收據簿，而且是打孔式的。一聯給受罰者，另一聯是存根。然而並無複寫紙寫上受罰者那一聯的內容。

「給我五十里拉。」

他用擦不掉的硬鉛筆寫，撕下聯單交給我。我唸著聯單上的內容。

「你寫的是二十五里拉嘛。」

「寫錯了，」他說，一邊將二十五里拉改為五十里拉。

「哦，你存根的那一聯也應該改為五十里拉呀。」

他作出一個義大利式的美妙笑容，然後在存根上寫了一下，而不讓我看見他寫些什麼。

「走吧，」他說。「別讓我再看到你們的號碼牌髒兮兮的。」

天黑前我們驅車了兩小時，那天晚上我們投宿在曼桐。這個地方似乎非常可喜，乾淨而美麗。我們又從芬提米格里亞駛往比薩和佛羅倫斯，越過洛瑪格納到里米尼，回轉經過佛里、伊默拉、坡洛格納、巴瑪、匹亞森薩和吉諾亞等地，再回到芬提米格里亞。全部的旅程僅僅十天。自然，在這樣短的旅程中，我們沒有機會看到這個國家或這個國家的人民所發生的種種狀況究竟是怎麼回事。

六

五十張千元大鈔

「你近況怎樣，傑克？」我問他。

「你難道沒有見過這個叫沃爾柯特的重量級拳王嗎？」他說。

「只在體育館見過。」

「哼，」傑克說。「我與這個傢伙交手要靠很大的運氣。」

「他不會擊倒你的，傑克，」梭久爾說。

「我真希望他媽的擊不倒我。」

「他那一記短拳是擊不倒你的。」

「短拳倒也罷了，」傑克說。「我並不在乎他的短拳。」

「他看起來很容易被擊倒，」我說。

「當然，」傑克說。「他無法持久的，他無法像你跟我那樣持久，杰利。但是，目前他佔上風。」

「你可以給他一記致命的左拳。」

「也許，」傑克說。「當然，我應該有這個機會。」

「處理他就像處理路易小子一樣。」

「路易小子，」傑克說。「那個猶太佬！」

傑克．布倫南、梭久爾．巴勒特和我三個人在漢萊餐館，隔壁一桌有兩個風塵女郎在飲酒。

「你是什麼意思?猶太佬嗎?」其中一個風塵女郎說。「你說猶太佬是什麼意思?你這個愛爾蘭酒鬼,」

「當然,」傑克說。「那傢伙就是猶太佬。」

「猶太佬,」那個風塵女郎說。「他們總是談論猶太佬,這些大塊頭的愛爾蘭人。你是什麼意思,猶太佬?」

「走吧,我們離開這兒。」

「猶太佬,」那個風塵女郎繼續說,「誰見你買過一杯酒?你的太太每天早晨就將你的口袋縫了起來。這些愛爾蘭人和他們口中的猶太佬!泰德·路易一定會修理你們。」

「那當然,」傑克說。「妳們也就因此免費奉獻許多,是嗎?」

我們走出去,傑克就是這樣,他要說什麼就毫無遮攔的說出來。

傑克開始在澤西那邊霍根的健身運動場接受訓練。在那邊本來是很好,但是傑克不太喜歡那邊。他不喜歡離開他的妻兒,他在那邊大部分的時間都很痛苦,而且脾氣很壞。他喜歡我,我們相處得很好。他也喜歡霍根,但是,過了不久,梭久爾·巴勒特使他緊張起來。一個年輕拳手,如果他的同伴經常愁眉不展,那麼整個營地的氣氛都會變得非常凝重。梭久爾常開傑克的玩笑,一直對他嬉皮笑臉。那樣並不有趣,也不太好,於是惹火了傑克,他就是這樣一個貨色。傑克練完舉重後火起來了會丟掉沙袋,戴起拳擊手套。

「你要不要動手?」他對梭久爾說。

「當然要，你要我怎樣動手？」梭久爾問道。「你要我像沃爾柯特那樣粗暴來對待你嗎?要我幾回合之內就把你擊倒嗎？」

「就是那樣，」傑克說。當然他並不喜歡那樣。

有一天早晨，我們都出去，走在路上。我們已經跑了好一段路，然後轉回去。我們急跑三分鐘，而後慢步一分鐘，然後再急跑三分鐘。傑克不是所謂的快跑專家，如果他需要的話，他只在運動場內快跑，而不在野外路上急跑。每當我們慢步行進的時候，梭久爾就開他的玩笑。我們上了小山到達農場。

「喂，」傑克說。「梭久爾，你最好回城裡去。」

「你什麼意思？」

「你最好回城裡去，待在那邊。」

「你怎麼回事嘛？」

「我聽你說話就討厭。」

「是嗎？」梭久爾說。

「是的，」傑克說。

「等沃爾柯特修理你時，你他媽的看到誰都會不舒服。」

「當然，」傑克說。「也許我會，但是我知道我討厭你。」

因此，就在那個早晨，梭久爾搭火車到城裡去了。我送他上火車。他還好，但很惱火。

「我只是跟他開開玩笑，」他說，我們在月台上等車。「他不能用這一套來對付我，杰利。」

「他很緊張，而且彆扭，」我說。「但他是個好人，梭久爾。」

「媽的，他就是那個樣子，媽的，他這樣算是哪門子的好人。」

「好吧，」我說。「再見，梭久爾。」

火車進站了，他帶著他的行李袋上了火車。

「再見，杰利，」他說。「拳賽之前你要到城裡來嗎？」

「我想不可能了。」

「那麼，再見啦。」

他進入車內，火車離站了。我趕著貨運馬車回農場。傑克在走廊上寫信給他的妻子。郵件已經來了，我拿到了報紙。我走到走廊的另一邊去，坐下來閱讀。霍根走出門外，逕自到我這邊來。

「他跟梭久爾鬧彆扭是嗎？」

「不是鬧彆扭，」我說。「他只是叫他回到城裡去。」

「我知道事情會發生，」霍根說。「他從來就不喜歡梭久爾。」

「並不是那樣，他喜歡的人不多。」

「他是個冷漠的人，」霍根說。

「嗯，他對我倒是一直都不錯。」

「對我也是，」霍根說。「我不會挖苦他，雖然他是個冷漠的傢伙。」

霍根從捲門進入屋內，我坐在走廊上閱讀報紙。現在正是秋季的開始，在澤西，這是個非常美麗的鄉村。這是山上的鄉村，我坐在那兒讀過報後，眺望鄉村景色，路底下靠樹林的地方有汽車沿著那條路在行駛，揚起塵埃。這是晴朗的季節，鄉村景色真美。霍根來到門口。我說，「嗨，霍根，你在這邊野外有沒有射獵到什麼東西？」

「沒有，」霍根說。「只有麻雀。」

「看了報紙嗎？」我對霍根說。

「報紙上說些什麼？」

「桑迪昨天解雇了他們三個人。」

「我昨天晚上在電話上就知道了那件事情。」

「你倒是對他們緊迫盯人啦，霍根？」我問。

「啊，我要聯繫他們，」霍根說。

「傑克怎麼樣？」我說。「他還在賭賽馬嗎？」

「他呀？」霍根說。「你看他還在做那樣的傻事嗎？」

傑克手中拿著信件剛從角落繞過來。他穿著一件運動衣，一條舊短褲和拳擊鞋。

「有郵票嗎，霍根？」他問。

「把信給我，」霍根說。「我會替你寄出去。」

「嘿，傑克，」我說。「你玩過賭馬嗎？」

「當然。」

「我知道你玩過，我看見你在羊頭山那邊玩過。」

「你爲什麼把他們那邊的人辭掉？」霍根問。

「賠錢嘛。」

傑克在走廊上靠在我身邊坐下。他靠在一根柱子上，在太陽下閉上眼睛。

「要來把椅子嗎？」霍根問。

「不要，」傑克說。「這樣就很好。」

「這是個好天氣，」我說。「鄉村的屋外真是愜意極了。」

「我寧可沒有風景欣賞，也要跟妻兒住在城裡。」

「嗯，你只剩一個星期的訓練了。」

「對，」傑克說。「正是那樣。」

我們坐在走廊上，霍根在辦公室裡。

「你看我現在這個模樣怎麼樣？」傑克問我。

「嗯，還不能確定，」我說。「你還有一個星期可以練習。」

「別對我顧左右而言他。」

「呃，」我說。「你氣色不太好。」

「因爲我沒有睡覺。」傑克說。

「你再過一兩天就會好的。」

「不，」傑克說。「我得了失眠症。」

「你在想什麼？」

「我在想我的妻子。」

「她怎麼了？」

「沒有怎麼樣，只是我太老了，不適合她。」

「你睡覺前我們來走一段長路，能讓你又舒服又疲累，對你會有益處。」

「疲累，」傑克說。「我一直都累死了。」

他整個星期都是那個樣子，晚上睡不著，早上起來又是那個樣子，你知道，這時你不能袖手不理他的事。

「他軟塌得像個隔夜的蛋糕，」霍根說。「他一點也不起勁。」

「我從來就沒有見過沃爾柯特，」我說。

「他會打死他，」霍根說。「他會把他撕成兩半。」

「呃，」我說。「每個打拳的人都可能遭遇強敵。」

「然而，不是這個樣子，」霍根說。「他們認爲他從未受過訓練，他會使我這個農舍訓練場丟人現眼。」

「你聽記者怎樣說他？」

「我可不要聽，他們說他糟糕透了，他們還說不該讓他參加拳賽。」

「哼，」我說。「他們往往是錯的，不是嗎？」

「是呀，」霍根說。「但是，這一次他們是對的。」

「他媽的，他們怎麼知道某人行或不行？」

「噢，」霍根說。「他們不是那麼傻的人。」

「他們所做的都是拳王威拉德在西班牙托勒多市所耍的那一套。這個記者，他現在未免太聰明了，問問他在托勒多市大肆抨擊威拉德又是怎麼一回事。」

「哦，他並不出去跑新聞，」霍根說。「他只不過報導了幾場著名的拳賽。」

「我不在乎這些記者是誰，」我說。「他們懂什麼屁東西？他們也許會寫點什麼，但是他們懂什麼屁事情？」

「你並不認爲傑克已經夠分量，是嗎？」霍根問。

「不，他已完成訓練，他所需要的就是柯柏特挑選他出來贏得全部賽程。」

「嗯，柯柏特會挑選他的，」霍根說。

「當然，他會挑選他。」

那晚傑克又沒有睡著。第二天早晨，這已是比賽前一天了。早餐後我們又出來，來到走廊上。

「傑克，你睡不著的時候，在想些什麼？」我說。

「哦，我很擔心，」傑克說。「我擔心我在布朗格斯的財產，我擔心我在佛羅里達的財產，我擔心我的妻子，有時我也想到拳賽。我在想那個猶太佬泰德．路易，我很痛苦。我有些股票，我也很擔心我的股票。他媽的我什麼都想，不是嗎？」

「呃，」我說。「明天晚上一切就過去了。」

「當然，」傑克說。「拳賽打完一切都好了是嗎？我想拳賽完了一切又都恢復正常，一定會的。」

他整天都在苦惱之中，我們什麼也沒有幹。傑克只是活動一下，鬆弛筋骨，他操練了幾個回合，他甚至在操練時臉色也不好，他又跳了一會兒繩，他沒有流汗。

「他最好是什麼也別做，」霍根說，我們都站在那兒看他跳繩。「他沒有出汗吧？」

「他不流汗。」

「你認為他害過肺病嗎？他的體重從來沒有出過麻煩，是嗎？」

「不會的，他沒有害過肺病，他的五臟六腑都沒有害過什麼病。」

「他應該出汗的，」霍根說。

傑克跳著繩過來，他在我們面前上下前後跳動，每三次交叉手臂一次。

「呃，」他說。「你們兩個傢伙在談些什麼？」

「我認爲你不要再練了，」霍根說。「你會累壞的。」

「那豈不是太糟了？」傑克說，他跳到地板那邊去，使勁跳著繩。

那個下午約翰．柯林斯來到農場，傑克在他上面的房間裡。約翰從鎮上坐車過來，有兩個朋友與他同行，車子一停他們便都鑽了出來。

「傑克在那裡？」約翰問我。

「在上面他的房間裡躺著。」

「躺著嗎？」

「是的，」我說。

「他情況怎麼樣？」

我望望與約翰一起來的那兩個人。

「他們都是他的朋友，」約翰說。

「他情況很糟，」我說。

「他出了什麼差錯？」

「他睡不著。」

「他媽的，」約翰說。「那個愛爾蘭人無法入眠。」

「他不太對勁，」我說。

「他媽的，」約翰說。「他從來就沒有對勁過。我忍受了他十年，他就是一直不太對勁。」

跟他一起來的人都笑起來。

「我想介紹你跟摩根先生與史坦菲特認識，」約翰說。「這是多伊爾先生，他一直在訓練傑克。」

「幸會，幸會，」我說。

「我們上去看看那小子吧，」那個名叫摩根的說。

「我們去瞧瞧他，」史坦菲特說。

我們都上樓去了。

「霍根在哪裡？」約翰問。

「他跟兩個顧客在倉庫裡，」我說。

「他有許多人在這裡嗎？」約翰問。

「只有兩個。」

「很安靜吧？」摩根問。

「是的，」我說。「非常安靜。」

我們到了傑克的房間外面，約翰敲門，裡面沒有回答。

「大概睡著了，」我說。

「他媽的搞什麼鬼，大白天睡起覺來？」

約翰扭轉門柄，我們都跟進去。傑克正躺在床上睡覺，他的臉朝下，臉部埋在枕頭裡，兩隻手臂抱住枕頭。

「嘿，傑克！」約翰對他叫道。

傑克的頭在枕頭上動了一下。「傑克！」約翰彎腰過去說。傑克往枕頭裡埋得更深，約翰去摸他的肩膀。傑克坐起來，望著我們。他沒有刮鬍子，穿著一件舊運動衫。

「基督啊，你們爲什麼不讓我睡覺？」他對約翰說。

「別發火嘛，」約翰說。「我無意吵醒你。」

「噢，不，」傑克說。「當然我不會發火。」

「你認得摩根和史坦菲特的，」約翰說。

「很高興見到你們，」傑克說。

「你覺得怎麼樣，傑克？」摩根問他。

「很好，」傑克說。「他媽的難道要覺得不好？」

「你看來氣色不錯，」史坦菲特說。

「呃，是吧，」傑克說。「哎，」他對約翰說，「你是我的經紀人，你大有油水可撈。當記者出城時，你都不來這裡！難道要我和杰利來應付他們嗎？」

「我叫路易在費城參加比賽。」約翰說。

「那與我何干？」傑克說。「你是我的經紀人，你有油水可拿，是嗎？你不想在費城賺錢，是嗎？當我需要你的時候，你他媽的卻不出城來我這裡，你是什麼意思？」

「霍根在這裡嘛。」

「霍根，」傑克說。「霍根和我一樣是個不擅言詞的人。」

「梭久爾不是也跟你待了一段時日嗎？」史坦菲特想改變話題而這樣說。

「是的，你曾出來待在這裡，」傑克說。「他曾經出來過，也正是待在這裡。」

「哎，杰利，」約翰對我說。「你去把霍根找來，告訴他說，我們希望半小時內見到他。」

「當然可以。」

「他爲什麼不能待在附近不要走遠？」傑克說。「杰利，不要走遠。」

摩根和史坦菲特互相看看。「安靜些，傑克，」約翰對他說。

「我最好是去把霍根找來，」我說。

「好吧，你要去你就去吧，」傑克說。「當然，這裡的人沒有誰能支使你一定要去。」

「我去找霍根，」我說。

霍根到倉庫的健身房去了，他有幾個在農場復健的病人在練拳。他們都互不擊中對方，惟恐對方會還擊。

「他們會辦得到的，」霍根見我進來時說。「你不要笑，你們這些紳士去洗個澡吧，布魯斯會把你們打扁的。」

他們從纜繩爬過去，霍根向我走過來。

「約翰．柯林斯帶著兩個朋友一起來探望傑克，」我說。

「我看見他們坐汽車上來的。」

「跟約翰來的那兩個是什麼人？」

「那就是你曾經說過的聰明人士，」霍根說。「兩個你都不認識嗎？」

「不認識，」我說。

「那是哈匹．史坦菲特和劉．摩根，他們設有公開的合法賭場。」

「我已經離開得太久了，」我說。

「當然，」霍根說。「那個叫哈匹．史坦菲特的是一位大牌經紀人。」

「我聽過他的名字，」我說。

「他是個非常圓滑的傢伙，」霍根說。「他們是兩個厲害的賭場炒手。」

「啊，」我說。「他們要半小時後見到我們。」

「你是說他們不願一個小時半後才見我們？」

「正是。」

「到辦公室去吧，」霍根說。「趕快去見他媽的那兩個厲害傢伙吧。」

大約三十分鐘後，霍根和我到了樓上，我們敲傑克的門。他們在屋裡談話。

「等一下。」有一個人說。

「跟他媽的那個傢伙在一起，」霍根說。「你要見我的話，我在樓下辦公室。」

我們聽到門開了，史坦菲特打開門。

「進來，霍根，」他說。「我們大家一起來喝一杯。」

「好啊，」霍根說。「那倒不錯。」

我們走進去，傑克坐在床上，約翰和摩根各坐在一把椅子上，史坦菲特站立著。

「你們是一批非常神秘的傢伙，」霍根說。

「你好，丹尼，」約翰說。

「你好，丹尼，」摩根說，握握手。

傑克沒有說什麼，他只是坐在床上，他沒有跟什麼人在一起，他只是獨自坐在床上，他穿著一件舊的藍運動衫和短褲，還穿著拳擊鞋，他需要刮次鬍子。史坦菲特和摩根都是服飾考究的人，約翰更是考究。傑克坐在那兒，一副愛爾蘭人執拗頑強的樣子。

史坦菲特拿出一瓶酒，霍根拿來幾隻杯子，每人一杯。傑克和我只喝了一杯，其他的人則每人兩三杯不等。

「你們還要駕車回去，最好少喝一點，」霍根說。

「別擔心，我們有的是酒，」摩根說。

傑克喝了一杯就打住不再喝。他站在那兒望著他們，摩根現在坐在傑克坐過的床上。

「喝一杯，傑克，」約翰說，交給他酒杯和酒瓶。

手。

「不，」傑克說。「我從來不喜歡靠酒來振作精神。」

大家都笑起來，但傑克沒有笑。

當他們離開時，大家都自我感覺良好。他們鑽進汽車時，傑克站在走廊上，他們向他揮

「再見，」傑克說。

我們吃了晚飯。傑克在吃飯的時候，除了說：「請你把這個遞給我好嗎？」或者說：「請你把那個遞給我好嗎？」他就沒有別的話了，兩個復健病人和我們一起吃晚飯，他們都是好人，我們吃完後到走廊上去。天色已經黑了。

「杰利，我們去散步吧？」傑克問。

「好啊，」我說。

我們穿上外衣，走出去，走下大路有一段距離，我們在大路上走了大約一哩半。汽車從我們身邊經過，我們向路旁讓開，直等到汽車過去，傑克沒有說什麼話，當我們站開進入矮樹叢去讓一輛大車子過去之後，傑克說：「去他媽的這種散步，還是回霍根農場去吧。」

我們沿著路邊走，有時抄捷徑翻過小山，有時則橫過田野，回到了霍根農場，我們可以看到小山上屋子裡的燈光。我們來到房子前，霍根站在門口。

「散步的感覺可好？」霍根問。

「噢，不錯，」傑克說。「嘿，霍根，你還有酒嗎？」

「當然有，」霍根說。「你打的什麼主意？」

「把酒帶到我房裡來，」傑克說。「今晚我要睡個好覺。」

「你簡直是個醫生，」霍根說。

「杰利，到房裡來，」傑克說。

上了樓，傑克坐在床上，雙手捧著頭。

「這還是人過的日子嗎？」傑克說。

霍根帶來一夸脫酒和兩隻杯子。

「要不要薑汁啤酒？」

「你認爲我怎麼了？認爲我生病了嗎？」

「我只是問問你，」霍根說。

「喝一杯好嗎？」傑克說。

「不，謝了，」霍根說。他走出去。

「來一杯怎麼樣，杰利？」

「我已經跟你喝過一杯了，」我說。

傑克倒了兩杯酒。「現在，」他說。「我要慢慢喝，放鬆一下。」

「兌點水吧，」我說。

「好，」傑克說。「我想那樣比較好。」

我們喝了幾口，沒有說話，傑克又給我斟滿杯子。

「不要了，」我說。「我已經夠了。」

「好吧，」傑克說。他為自己斟上又加了水，他已經有點飄飄然了。

「今天下午到這裡來聚會的都是一些腦筋好的傢伙，」他說。「他們是從來都不會冒險的，尤其那兩個傢伙。」

過了一會兒，他又說：「呃，他們是不錯的，去他媽的好人要冒什麼險？」

「你再來一杯吧，杰利？」他說。「喝嘛，跟我一起喝。」

「我不要了，傑克，」我說。「我覺得夠了。」

「再喝一杯就好，」傑克說。他已有些哀求的口氣。

「好吧，」我說。

傑克為我斟了一杯，也為他自己斟了一滿杯。

「你知道，」他說。「我很喜歡喝酒，如果我不是為了打拳，我就可以放懷的喝。」

「當然，」我說。

「你知道，」他說。「為了拳擊，我失去了很多人生樂趣。」

「你賺了不少錢。」

「當然，這是我所追求的。你知道，我失去了許多東西，杰利。」

「怎麼說呢？」

「呃，」他說。「譬如我想念我的妻子，離開家那麼久，這對我的妻子和女兒都不好。『你老爸是誰？』社區裡的孩子們會這樣問我的女兒。『我老爸是傑克．布倫南。』這樣對孩子是不好的。」

「他媽的，」我說。「只要有錢那就不同了。」

「呃，」傑克說。「我一定要爲他們賺許多錢。」

他又倒了一杯，酒瓶快空了。

「加點水吧，」我說。傑克倒進一些水。

「你知道，」傑克說，「你想像不到我是如何的思念我妻子。」

「當然。」

「你是無法想像的，你無法想像我的思念。」

「你來到這鄉下應該是比在城裡好吧？」

「現在對我來說，」傑克說。「我在什麼地方都沒有什麼差別。你根本想都想不到我的思念之苦。」

「再喝一杯吧？」

「你以爲我是酒鬼?你以爲我是說著玩的？」

「你一切正常。」

「你無法想像那份思念是什麼滋味，誰也無法想像那份思念是個什麼滋味。」

「除了你的妻子之外，別人都無法想像，」我說。

「她會的，」傑克說。「她知道得很清楚，她知道的，你可以打賭她是知道的。」

「往裡邊加點水吧，」我說。

「杰利，」傑克說。「你無法想像那是什麼滋味。」

他已醉得可以了，他茫茫然望著我，他的眼神呆木。

「你會睡得很好的，」我說。

「呃，杰利，」傑克說。「你不想賺錢嗎？從沃爾柯特身上賺點錢。」

「嗯？」

「呃，杰利，」傑克把杯子放下，「我現在並沒有醉，你瞧，你知道我在他身上冒多大的風險？我賭了五十張千元大鈔。」

「那是一筆大財富。」

「五十張千元大鈔，」傑克說。「賭盤二比一的話，我也能得到二萬五千美元。杰利，從他身上撈幾文吧。」

「聽起來倒不錯，」我說。

「我怎麼可能擊敗他呢？」傑克說。「那並非用不正當手段來得到錢財。我怎麼能打敗他呢？爲什麼不以此賺錢呢？」

「酒杯裡加些水吧，」我說。

「這場拳擊賽之後我就退出拳壇了，」傑克說。「我將退出拳擊生涯。我會挨一頓痛揍，既然如此，為什麼我不藉此賺錢呢？」

「當然。」

「我已經一個星期睡不著覺了，」傑克說。「我徹夜無法入眠，擔心我的能耐。杰利，我無法入眠，你不能想像當你無法入眠的情形。」

「當然。」

「我無法入眠，就是那樣，我就是沒有辦法睡著。當你無法睡著時，這些年來你仔細照顧自己又有什麼用？」

「那真是糟糕。」

「你無法想像那是什麼樣子，杰利，當你無法入眠時你是無法想像那樣子的。」

「酒杯裡加些水吧，」我說。

到了十一點，傑克喝得爛醉如泥，我扶他上床。他終於忍不住睡下去了。我幫他脫掉衣服，把他安放在床上。

「傑克，你會睡得很香，」我說。

「當然，」傑克說。「我現在要睡了。」

「晚安，傑克，」我說。

「晚安，杰利，」傑克說。「你是我唯一的朋友。」

「呃，別說啦，」我說。

「你是我唯一的朋友，」傑克說。「你是我唯一的朋友。」

「睡吧，」我說。

「我要睡了，」傑克說。

霍根坐在樓下辦公室的辦公桌前看報紙。他仰望了一下。「哎，你使你的男朋友入睡了，是嗎？」他問。

「他醉倒了。」

「對他來說，這總比不睡好，」霍根說。

「當然。」

「你還得花時間來向那些體育記者解釋他這件事呢，」霍根說。

「哦，我也要去睡了，」我說。

「晚安，」霍根說。

第二天早晨大約八點鐘我下樓來，用過了早餐。霍根帶著他的兩個顧客在倉庫那邊做早操。我出去看他們。

「一！二！三！四！」霍根為他們發號施令。「哈囉，杰利，」他說。「傑克還沒有起來嗎？」

「沒有，他還在睡。」

我回到我的房間，把我要帶到城裡去的東西準備好。大約九點半我聽到隔壁房間的傑克起來了。當我聽到他下樓時，我也下去跟在他後面。傑克正坐在早餐桌邊。霍根進來，站在桌邊。

「傑克，你覺得還好吧？」我問道。

「不太壞。」

「睡得還好吧？」霍根問。

「我睡了一整夜，」傑克說。「我舌頭不靈活了，但我的頭並不痛。」

「很好，」霍根說。「那是好酒。」

「把酒錢記在帳上，」傑克說。

「你什麼時候進城？」霍根問。

「午餐前，」傑克說。「十一點鐘的火車。」

「請坐，杰利，」傑克說。霍根走出去。

我在桌邊坐下來，傑克在飲葡萄汁。當他吃到葡萄籽時，他把它吐在湯匙上，而後再倒在碟子上。

「我想昨晚我一定是爛醉如泥，」他說。

「你的確喝了些酒。」

「我想我一定說了許多傻話。」

「你說的還不算壞。」

「霍根到哪裡去了？」他問。他已喝完了葡萄汁。

「他在辦公室前面。」

「我對拳賽要擊敗對方的事說了些什麼話？」傑克問。他抓著湯匙攪弄葡萄汁。

一個女孩帶來火腿雞蛋，把盛葡萄汁的杯子拿走。

「給我帶杯牛奶來，」傑克對她說。她走出去。

「你說你在沃爾柯特身上賭了五十張千元大鈔。」我說。

「對呀，」傑克說。

「那是很多錢哪。」

「我並不覺得有什麼不好，」傑克說。

「可能會出什麼岔子的。」

「不會的，」傑克說。「他急於奪冠，而他們會爲他安排好的。」

「你可不能這樣肯定。」

「不，他要的是拳王這個頭銜，這對他來說要值許多錢。」

「五萬美金是一筆很大的數目，」我說。

「這是生意，」傑克說。「我贏不了的，你知道我贏不了。」

「只要你在拳擊場上，你就有機會。」

「不，」傑克說。「我已經完了，而這只是生意。」

「你覺得怎樣？」

「很好，」傑克說。「昨夜的睡眠就是我所需要的。」

「你也許會打得很好。」

「我會給他們一場精采的表演，」傑克說。

早餐後，傑克打長途電話給他的妻子。他在電話亭裡打電話。

「自從他離家來到這兒，這是第一次打電話給她，」霍根說。

「他每天都寫信給她。」

「當然，」霍根說。「一封信才兩分錢。」

霍根和我們說再見。黑人按摩師布魯斯駕著二輪貨運馬車送我們到火車站。

「再見，布倫南先生，」布魯斯在火車邊說。「我真希望你把他的腦袋瓜子打掉。」

「再見，」傑克說。他給布魯斯兩塊錢。布魯斯曾爲他做了不少事情，所以看起來很失望。傑克看著我在注意布魯斯手上捧著的兩塊錢。

「一切都已算在帳上，」他說。「霍根已收取了我的按摩費用。」

在進城的火車途中傑克沒有說話。他側身坐在位子的一角，把車票夾在帽子花邊帶上，望向窗外。他轉身跟我說話。「我已告訴我太太今晚我要在雪爾比開個房開，」他說。「就在花園轉角的地方。明天早晨我可以到達家裡。」

「這是個好主意，」我說。「你太太曾見過你賽拳嗎，傑克？」

「沒有，」傑克說。「她從未見過我賽拳。」

我猜他一定在想著挨那可怕的一擊，似乎嚴重得會使他回不了家。在城裡我們坐計程車到雪爾比。一個孩子出來幫我們提行李袋，我們進到櫃檯邊。

「房間多少錢？」傑克問。

「我們只有雙人房間，」服務生說。「我可以為你找間舒適的雙人房，只收費十美元。」

「太貴了。」

「我可以為你選一間七美元的雙人房。」

「有洗澡間嗎？」

「當然有。」

「你最好跟我擠在一個房間吧，杰利，」傑克說。

「噢，」我說。「我到我小舅子家去睡一宵。」

「我並不要你分擔旅館錢，」傑克說。「我只是使我花的錢值得。」

「請登記？」服務生說。他望著他的名字。「一二二八號，布倫南先生。」

我們上了電梯。這是一間很寬敞的房間，有兩張床，通往浴室的門開著。

「這個房間相當不錯，」傑克說。

帶我們上來的服務生把窗簾拉開，把我們的行李袋提進來。傑克沒有表示，所以我給了服務生兩毛五分錢小費。我們洗完臉後，傑克說我們最好出去吃點東西。

我們在吉米·韓萊餐館吃了午餐。那裡有許多人。當我們吃到一半的時候，約翰進來與我們同坐。傑克沒有說什麼話。

「傑克，體重如何？」約翰問他。傑克正吃了一頓豐富的午餐。

「我的衣服還可以穿得上，」傑克說。他從來不擔心要減輕他的體重。他是個天生的次中量級拳手，從來沒有發胖過。他在霍根的練習場已經減輕了一點重量。

「嗯，這是你唯一不必擔心的事，」約翰說。

「說得好，」傑克說。

午餐過後三點鐘的時候，我們到花園那邊去量體重。磅秤上指著一百四十七磅。傑克在脖子上圍了一條毛巾站在量體重的磅秤上，指針沒有動。沃爾柯特剛剛秤過，他跟圍繞著他的許多人站在一起。

「傑克，讓我們看看你多重，」沃爾柯特的經紀人弗利曼說。

「好吧，那麼也磅磅他，」傑克的頭轉向沃爾柯特說。

「把毛巾拿掉，」弗利曼說。

「多少？」傑克問過磅的人說。

「一百四十三磅，」爲他過磅的那個胖子說。

「你已減輕了，正合適，傑克，」弗利曼說。

「磅磅他，」傑克說。

沃爾柯特站上去。他一頭金髮，寬肩膀，粗手臂，是道地的重量級體態。他的腿不粗。傑克站在那兒高出沃爾柯特大約半個頭。

「你好，傑克，」他說。他的臉相當引人注意。

「嗨，」傑克說。「你覺得怎樣？」

「很好，」沃爾柯特說。他把腰上的毛巾解下，站上磅秤。他的肩和背是我所見過的最寬厚的一型。

「一百四十六磅十二盎斯。」

沃爾柯特下來，對著傑克露齒而笑。

「呃，」約翰對他說。「傑克大約差你四磅。」

「我進來時比現在還重一點，小子，」沃爾柯特說。「我現在要去吃點東西。」

我們往後走，傑克穿上衣服。「他是個相當壯的傢伙，」傑克對我說。

「他看起來像可以挨得起許多次的重擊。」

「噢，是的，」傑克說。「擊中他並不是難事。」

「你到那裡去？」當傑克穿好衣服時，約翰問。

「回旅館去，」傑克說。「你什麼事情都準備好了？」

「是的，」約翰說。「一切都準備好了。」

「我回去躺一會兒，」傑克說。

「七點十五分我來接你一起去吃飯。」

「好吧。」

進了旅館，傑克脫掉鞋子和衣服，躺了一會兒。我寫了一封信。我瞧了他幾次，傑克並沒有睡著。他只是躺在那兒，不時睜開眼睛。最後他坐起來。「要玩牌嗎，杰利？」他說。

「好吧，」我說。

他走到他的手提箱那邊，拿出一副牌。我們玩牌，他贏了我三塊錢。約翰敲門進來。

「你要玩牌嗎，約翰？」傑克問他。

約翰把帽子放在桌子上。他的帽子、外衣全都濕透了。

「下雨了嗎？」傑克問。

「傾盆大雨，」約翰說。「我搭的計程車阻在擁擠的街上進退不得，我只有下來走路。」

「來玩一局牌，」傑克說。

「你必須去吃飯了。」

「不，」傑克說。「我還不想吃東西。」

他們一起玩牌，傑克贏了他二元五角。

「噢，我們該去吃飯了，」傑克說，他走到窗口向外望。「還在下雨？」

「是的。」

「我們就在旅店裡吃吧，」約翰說。

「好吧，」傑克說。「我們再玩一局看誰付飯錢。」

過了一會兒，傑克站起來說：「約翰，你付飯錢。」於是，我們下樓在大餐室裡用餐。

我們吃完飯後上樓去，傑克又跟約翰玩牌，贏了他兩元半。傑克覺得很舒服。約翰身邊有個袋子，裡面裝著所有要用的東西。傑克拿出他的襯衫和硬領，穿上衛生衣和運動衫，免得出去時感冒。接著他把出賽的衣服和浴袍放入袋子裡。

「你準備好了嗎？」約翰問他。「我打電話叫他們弄部計程車來。」

不久電話鈴響了，他們說計程車在等著。

我們下了電梯，經過前廊出去，坐上計程車到花園賽場去。雨下得很大，但是外面街上擁著很多人。花園賽場已經客滿。當我們進入更衣室途中，我看到那人山人海的擁擠情形。看起來到賽場有半里路之遙。到處全是暗黑的。只有賽場上燈光明亮。

「這場雨夠大的，好在他們沒有把這場拳賽安排在棒球場，」約翰說。

「來的觀眾還真不少，」傑克說。

「這場拳賽的觀眾，可能花園賽場容納不了。」

「天氣的事，誰也說不準，」傑克說。

約翰來到更衣室門口，探頭進來。傑克穿著浴袍坐在那兒，兩臂交疊著，眼睛望著地上。約翰身邊帶著兩個助手。他們從他背後望過來，傑克抬起頭來仰望著。

「他已經進場了嗎？」他問。

「他剛剛進場，」約翰說。

我們進場時，沃爾柯特正走上拳擊賽場。觀眾熱烈鼓掌。他從圍繩爬進去，兩拳抱在一起，笑著，並向觀眾作揖，先向一邊作揖，再向另一邊，然後坐下。傑克從觀眾中入場，觀眾也熱烈鼓掌。傑克是愛爾蘭人，愛爾蘭人總是受到熱烈歡呼的。愛爾蘭人在紐約雖然不如猶太人或義大利人那樣惹人注意，畢竟也很受歡迎。傑克爬上去，彎腰要穿過圍繩的時候，沃爾柯特從角上過來把繩索壓低讓傑克跨過。觀眾覺得真奇妙。沃爾柯特把手放在傑克的肩膀上，他們在一起站了片刻。

「你將成爲受歡迎的奪標者之一，」傑克對他說。「把你那隻討厭的手從我肩膀拿開。」

「你好自爲之，」沃爾柯特說。

這樣的場面，對觀眾來說委實動人。這兩個人在賽前是那麼樣的客氣。互祝對方好運。

當傑克的手纏上綳帶時，弗利曼走到我們這個角落來，約翰則到沃爾柯特那個角落去了。傑克把他的大拇指從綳帶裡擠出一個缺口，而使他的手包得非常平整。我把綳帶在他的手腕骨節處繞纏了兩圈。

「嗨，」弗利曼說。「你從那裡弄來這些帶子？」

「摸摸看，」傑克說。「很柔和，是嗎？不要老土啦。」

當傑克在綁另一隻手時，弗利曼一直站在那兒，站他旁邊的一位助手把拳套帶過來，我把拳套爲他戴上，並試試鬆緊的程度。

「喂，弗利曼，」傑克說。「這位沃爾柯特是什麼國籍？」

「我不知道，」弗利曼說。「他可能是丹麥人。」

「他是波希米亞人，」帶拳套來的那個青年說。

裁判員叫他們到賽台中央去，傑克走過來，沃爾柯特則笑著出來了。他們會合在一起，裁判員將他們的手臂放在對方的肩膀上。

「哈囉，大名人，」傑克對沃爾柯特說。

「好自爲之。」

「你稱自己爲『沃爾柯特』是什麼意思？」傑克說。「難道你不知道以前的拳王沃爾柯特是黑人嗎？」

「喂，仔細聽著——」裁判員說，他依慣例申明了一些該注意的拳賽規則。沃爾柯特一度擋著他。他抓住傑克的手臂說：「他這樣抓我的話。我能揍他嗎？」

「把你的手拿開，」傑克說。「這不是在演電影。」

他們回到各自的角落去。我爲傑克拿掉浴袍，他倚靠在繩索上，曲膝一兩次，把鞋子在松香上擦了擦。信號鈴響了，傑克迅速轉身走出來。沃爾柯特向他走過來，他們碰碰拳套，當沃爾柯特把手垂下的時候，傑克跳到他的左邊攻擊他臉部兩次。沒有人能像傑克打得那麼漂亮。沃爾柯特追他，一直用他的臉頰對著他的胸膛邁進。他是個鉤拳手，他的雙手姿勢都很低。他所擅長的是觸身短擊。但是每當他十分接近的時候，傑克就用左手擊中他的臉。這些動作就好像自動機械手的運作。傑克只要將左手舉起就能擊中沃爾柯特的臉。傑克有三四次換到右邊去，但是爲沃爾柯特擊中他的肩膀或肩膀上方的頭部。他擅長的就是那一套鉤拳。傑克唯一害怕的也就是那一套鉤拳。他把你能傷害他的任何地方都護衛得很好。他不在乎左拳擊中他的臉。

四個回合之後，傑克使他流血得很厲害，他的臉上有了許多裂傷，每次當沃爾柯特向他接近時，都是出拳重擊，因而使傑克兩邊肋骨下方各紅腫了兩大塊。每次他接近時，傑克就纏住他，一手鬆開而向上攻擊他。但是，當沃爾柯特抽出一隻手時，他便重擊傑克身上，那重擊的聲音外邊街上都聽得到。他不愧是一個重拳手。

就那樣又纏鬥了三個回合。他們沒有說話。他們一直在打。在短暫休息時間，我們都忙於照顧傑克。他看起來狀況不妙，在以後的每個回合進行中，他很少出擊了。他也沒有多少動作，他的左手只是自然而然地出拳。那似乎是跟瓦爾柯特的臉連在一起，每次只是想攻擊便出拳打上去。不過傑克常在接近對方時很冷靜，他沒有浪費體力。他知道每次挨近時對方已吃了不少苦頭。兩人打到我們這邊角落上來的時候，我看見他與沃爾柯特糾纏在一起，抽出他的右手向上攻，以拳套後部擊中沃爾柯特的鼻子。沃爾柯特血流如注，把他的鼻子靠在傑克的肩上，以便還擊傑克，而傑克似乎是用力頂起他的肩膀，頂住他的鼻子，又向下抽出他右手，再向他的鼻子擊一拳。

沃爾柯特痛得要命，這時他們已打了五個回合。他恨傑克的頑強抗擊。傑克並不覺得太痛，那是因爲這時不如他平常練習時所挨受的疼痛。他總是使那些與他賽拳的對手恨他的出拳刁鑽凌厲，這也正是爲什麼他恨路易小子的原故。他永遠也無法激怒路易小子。路易小子常有三招新鮮的招數，那是傑克不會施展的。但傑克身體雄壯，應付攻擊時有如一座教堂那般屹立不移。他當然一直在對沃爾柯特攻以重拳。有趣的是，傑克看起來就好像是一個公認的經典拳手，其實他也真的具備了那個架勢。

七個回合之後，傑克說：「我的左臂愈來愈沉重了。」

此後他便開始挨打，起初還看不出來。但是他愈來愈跑不動，相反地，沃爾柯特則在跑動並出擊，現在傑克不再安全了，他遇上了麻煩。他現在無法用左手擺脫他。看起來就跟剛才前面的情形一樣，只是換成沃爾柯特在出擊，而他在閃躲，卻一直在挨打。傑克身上挨了不少記重擊。

「第幾回合了？」傑克問。

「第十一回合。」

「我支持不住了，」傑克說。「我的兩腿情況很糟。」

沃爾柯特有好長一段時間不停地攻擊他，這就像棒球捕手抓住球用力傳出。從此以後，沃爾柯特開始拳拳狠擊。他儼然像一部撞擊機器，傑克現在只有抱拳防守身軀各部位。看起來似乎他並沒有挨受太厲害的重擊。在休息時間，我爲他的腿按摩治療。當我按摩他的兩條腿時，腿上的筋一直在我手中鼓動發抖。他傷得很厲害。

「情況怎麼樣？」他轉身問約翰，他的臉到處都腫脹起來。

「是他占上風。」

「我想我能支持下去，」傑克說。「我不認爲這個傢伙能制服我。」

情況就像他所想的那樣在進行。他知道他無法擊敗沃爾柯特。他已不再強壯。當然他還撐得住。他的錢沒有問題，他要支持到終場只是爲了向他自己交代，他不想被人打出賽台之外去。

信號鈴響了，我們把他推出去，上了賽台，他慢慢走著，沃爾柯特跟在他的後面。傑克把左手放在他臉上，沃爾柯特接住他的左手，一拳打在傑克身上。傑克想纏住他就像是拉鋸那樣支持著。傑克擺脱糾纏，左手出拳落空。沃爾柯特用左鉤拳橫擊過去，傑克跌倒，手腳伏地，眼睛望著我們。裁判員開始計數。傑克望著我們，並且搖搖頭。數到八的時候，約翰向他作了信號。由於觀眾的喊聲太大，聽不到計數的聲音。傑克爬起來。裁判員在計數的時候，用一隻手臂頂住沃爾柯特的背部。

當傑克站定了，沃爾柯特向他走過去。

「自己當心，吉米，」我聽到弗利曼向他大叫。

沃爾柯特上來面對傑克，望著他。傑克出左拳攻擊他。沃爾柯特只搖搖頭。他把傑克逼在繩索上，打量他一番，而後出左鉤拳輕輕擊中傑克頭部的一側，右拳儘可能的重擊傑克上身，部位盡可能的低。他一定是擊中他腰下五寸的地方。我想他已打得傑克的眼睛都已冒出火花了。他們分開了。傑克的嘴巴張開。

裁判員抓住沃爾柯特，傑克走向前去。如果他倒下去，他的五萬美金就泡湯了。他走路的那個樣子就像五臟六腑都要掉出來了。

「我出拳不低，」他說。「這只是意外。」

觀眾大叫，因此聽不清楚。

「我很好，」傑克說。他們都站在我們面前。裁判員望著約翰，而後他搖搖頭。

「來吧，你這個混蛋的傢伙。」傑克對沃爾柯特說。

約翰傾身在繩索上。他拿著毛巾準備遞進去。傑克站的地方只離繩索一小段距離。他向前走了一步。我看見他臉上的汗就像是有人在擠出來一樣，大滴大滴的汗從鼻尖流下來。

「過來打呀，」傑克對沃爾柯特說。

裁判員望著約翰，又向沃爾柯特揮手過來繼續比賽。

「到那邊去，你這個懶豬，」他說。

沃爾柯特上來了，他也不知道該怎樣出手，他沒有想到傑克還支持得住。傑克用左拳攻他的臉。觀眾大聲喧囂，嚷成一片。他們又到了我們前面。沃爾柯特擊中他兩次。傑克的臉是我所見過最糟糕的時候了——那副慘狀，他還自己支撐著，支撐著整個的身體，那種痛苦都表露在他的臉上。他一直在想著他要把他那個已經殘破的身軀支持下去。

而後他開始出拳。他的臉看起來一直都很可怕。他開始兩手垂在兩邊身側很低的位置出擊，那只是擺動而碰到沃爾柯特。沃爾柯特護著身子，傑克猛甩手打中沃爾柯特的頭部。而後他又擺動左手擊中沃爾柯特的外陰部，再甩動右手擊中沃爾柯特所擊中他的那個部位。兩人出拳都低於腰下，算是都犯了規。沃爾柯特跌倒了，在那裡掙扎，滾動，扭轉身子。

裁判員抓住傑克，把他推到他那個角落去。約翰跳進場內。觀眾都在大叫。裁判員跟其他的裁判人員交談，而後宣判員拿著麥克風進入賽場說：「沃爾柯特因對方犯規而倒地。」

裁判員對約翰說：「我怎麼處理？傑克本來不願犯規。然而，當他搖搖晃晃站不穩的時候出拳過低，他犯了規。」

「他輸了，」約翰說。

傑克坐在椅子上。我為他脫下拳套，他兩手往下支撐著自己，當他支持住了的時候，他的臉並不那麼難看。

「過去道個歉，」約翰在他耳邊說。「那樣比較體面。」

傑克站起來，滿臉汗珠如雨。我把浴袍給他披上，他用一隻手在浴袍下支持著自己的身軀，而後走到場地中央。他們已經把沃爾柯特扶起來，正在為他按摩。沃爾柯特那個角落有許多人，沒有人跟傑克說話。他向沃爾柯特傾身過去。

「我很抱歉，」傑克說。「我是無意犯規的。」

沃爾柯特沒有說話，他看起來受傷得相當嚴重。

「呃，現在你是冠軍了，」傑克對他說。「我希望你從這次比賽享受到他媽的極大的樂趣。」

「別理那小子，」弗利曼說。

「哈囉，弗利曼，」傑克說。「我很抱歉我對你的人犯了規。」

弗利曼只望了望他。

傑克很滑稽地走回他的那個角落去，我們從繩索處扶他下來，經過記者的桌子，走下走道。許多人在傑克後面拍打。他穿著浴袍經過一大群雜亂的人群到更衣室去。這又是一次沃爾柯特轟動的勝利，賭沃爾柯特那邊的都贏了。這就是花園賽場賭錢的方式。

我們一進入更衣室，傑克便躺下來，合上眼睛。

「我們要回旅店去請一位醫生，」約翰說。

「我的內傷很厲害，」傑克說。

「我實在太抱歉了，傑克，」約翰說。

「別提了，」傑克說。

他兩眼閉上躺在那兒。

「他們當然是在那裡搗鬼，說好要輸，臨時卻拚命打贏，」約翰說。

「你的朋友摩根和史坦菲特，」傑克說。「你交的好朋友！」

他躺在那兒，現在眼睛睜開了。他的臉仍是那般難看。

「真好笑，當事涉一大筆錢時，人的腦筋可以動得這麼快。」傑克說。

「你是個硬小子，傑克，」約翰說。

「不，」傑克說。「什麼都是空的。」

七

一次單純的探索

外邊積雪過窗。陽光從窗子照射進來，照在茅舍松木板牆壁上的一張地圖上。太陽高高的，積雪頂上亮著光亮。沿茅舍寬闊的一面挖了一道戰壕。晴天照在牆上的陽光，映在雪上熱氣騰騰，使戰壕顯得寬大了一些。這是三月下旬。少校坐在靠牆的桌邊。他的副官坐在另一張桌旁。

少校眼睛周圍有兩個白圈，那是保護他眼睛，避免在雪地給太陽照射的雪鏡。他臉上其他部分已給太陽燙傷，先是皮膚曬黑，而後由曬黑而燙傷。他的鼻子鼓起來，脫落的皮膚邊緣有水泡。當他在處理文件的時候，他把左手的手指插入油碟中，然後將油塗抹在臉上，用指尖輕輕按撫。他很仔細地將手指在油碟邊緣輕刮，因而使手指上的油散開成薄薄的一層，在敷塗過他的面頰和前額之後，又很仔細地用手指夾著鼻子塗擦油膏。當他塗擦完畢後，他站起來，拿起油碟走進茅舍裡他睡覺的小房間去。「我要小睡一會兒，」他對他的副官說。在那樣的軍隊中，副官並不是正式委任的軍官。「你把事情處理完畢。」

「是的，長官，」副官回答說。他往後仰靠在椅子上打哈欠，從外衣口袋裡拿出一本厚紙版封面的書，把書打開，而後放在桌子上，點燃他的菸斗。他傾向桌前讀了一會兒，然後，他又把書本合上，放回外衣口袋。他有太多的文件等待處理。工作還沒有做完之前他無心看書。屋外太陽已經落入山後，茅屋牆上已經沒有光線。一位士兵進來，放下一些松枝，這些松枝已經劈成一般所需要的大小長度，以供火爐燃燒用。「輕一點，平寧，」副官對他說。「少校在睡覺。」

平寧是少校的傳令兵。他的臉孔烏黑，這時他要弄妥火爐，他把松枝木柴小心放下，把門關上，又回茅屋後面去了。副官繼續處理文件。

「托南尼，」少校叫道。

「是，少校閣下？」

「叫平寧進來我這邊。」

「平寧，」副官叫道，平寧進入屋內。「少校找你。」

平寧越過茅屋主室到少校的房門口。他敲著半開的門。「少校閣下？」

「進來，」副官聽到少校說。「把門關上。」

房內少校躺在行軍床上。平寧站在行軍床邊。少校頭枕著帆布背包，裡面裝的是一些不用的衣物聊作枕頭。他那燙傷塗油的長臉向著平寧。他的手放在毯子上。

「你十九歲了？」他問。

「是的，少校閣下。」

「你曾經戀愛過？」

「你指的是——少校閣下。」

「跟一位女孩戀愛？」

「我跟幾個女孩子好過。」

「我不是問那個，我是問你跟那一個女孩子戀愛過。」

「是的，少校閣下。」

「你現在還跟那個女孩相愛嗎？你沒有寫信給她，我拆閱過你所有的信件。」

「我現在還在與她相愛，」平寧說。「但是我不要寫信給她。」

「你能確定這份感情嗎？」

「我能確定。」

「托南尼，」少校以相同大小的聲調說。「你聽到我們談話嗎？」

隔壁房間沒有答應。

「他聽不到，」少校說。「你敢肯定你確實愛一個女孩？」

「我敢肯定。」

「那麼，」少校以銳利的眼光望著他。「那麼，你還沒有腐敗？」

「我不明白你的意思，腐敗？」

「好吧，」少校說。「你用不著有優越感。」

平寧望著地上。少校望著他棕色的臉孔，上上下下的打量他，又望著他的手。他沒有笑意，而後繼續說：「你並非真的要愛她——」少校停了一下。平寧望著地上。「你那極大的欲望並非真正的——」平寧望著地上。少校把頭往後靠在帆布背包上，笑著。他是真的如釋重荷，軍中生活太複雜了。「你是個好孩子，」他說。「你是個好孩子，平寧。但是，你無需有優越感，小心別人不會太規矩而取代你。」

平寧靜靜地站在行軍床邊。

「別害怕，」少校說，他的兩手交疊放在毯子上。「我不想碰你，如果你願意你可以回到你的班上去。但是，你最好留下來做我的傳令兵，這樣你被敵人殺害的機會較小。」

「少校閣下，你是對我有所需要？」

「沒有，」少校說。「去吧，繼續做你正在做的事情，出去時讓門開著。」

平寧走出去，讓門開著。當他笨拙地走過室內，副官仰望著他。平寧臉紅了，他的行動和他帶柴火來時頗爲不同。副官在後面望著他，笑了。平寧帶進更多的柴火到火爐邊來。躺在行軍床上的少校，望著他那掛在牆壁釘子上的帆布鋼盔和防雪眼鏡，傾聽著他走過地上的腳步聲。他想，這個小鬼，我懷疑他是否在對我撒謊。

八

十個印第安人

一次獨立節的慶祝活動過後，天色已經很晚，尼克與裘加納一家人乘大篷車從城裡回家，在路上遇到過九個喝得爛醉的印第安人。他記得有九個人：裘加納在塵土飛揚中駕車前進的時候，不得不勒住馬，跳下車到路中央將一個印第安人拖出車轍。這個印第安人臉部伏在沙土上睡著了。裘加納將他拖到灌木叢裡，然後回到駕駛座上。

「算上他，就是九個了，」裘加納說，「從郊根到這兒，不過就這樣一段路。」

「他們是印第安人！」裘加納太太說。

尼克跟裘加納的兩個男孩子坐在車後座上。他從後面座位上望出去，足能看見裘加納沿路邊拖曳著的那個印第安人。

「這是不是比利・塔比索？」卡爾問。

「不是。」

「從他的褲子看，非常像比利。」

「印第安人全都穿同一種褲子。」

「我根本就沒有看見，」法蘭克說。「爸爸到路上去了一會便回來了，我什麼也沒看見。我以為他在殺一條蛇呢。」

「今天夜裡許多印第安人要殺蛇，我猜。」裘加納說。

「這些印第安人！」裘加納太太說。

他們驅車前進。篷車離開大公路轉入通往山裡的小道。篷車爬坡十分艱難，於是孩子們下車步行。路面有許多沙土。尼克從校舍一旁的山頭向後望去，只見波達斯克燈火輝煌，在小特瓦斯灣彼岸不遠地方的斯普多港也燈火明亮。他們又爬到車上去了。

「他們應當在那段路上鋪些礫石。」裘加納說。馬車沿著林中的道路行駛。裘加納和裘太太緊挨著坐在前面的座位上。尼克坐在他們兩個男孩子中間。路的前面出現一片空曠地帶。

「爸爸就是在這兒壓死了那隻臭鼬的。」

「還要更前面一些呢。」

「不管在哪裡都一樣，」裘加納連頭也沒有回，說：「在這個地方或另外一個地方輾過臭鼬，都是件好事。」

「我昨天夜裡看到過兩隻臭鼬。」尼克說。

「在哪兒？」

「就在湖邊呀。牠們正在沿著湖岸尋找死魚呢。」

「牠們也許是浣熊吧。」卡爾說。

「是臭鼬。我敢說我是認得出臭鼬的。」

「你應當認識，」卡爾說。「你還有個印第安女朋友呢。」

「不准那樣講話，卡爾。」裘加納太太說。

「可是，大家都這麼說。」

裘加納嘿嘿地笑了。

「你也別笑，加納，」裘太太說，「我可不准卡爾那樣講話。」

「你有個印第安女朋友，尼克？」裘加納問。

「沒有。」

「他真的有，爸爸，」法蘭克說。「普魯娣是他的女朋友。」

「她不是。」

「他天天都去看她。」

「我沒有。」這時，陰影下坐在兩個男孩當中的尼克，因他們提到了普魯娣，內心裡感到既不好意思，卻又無限喜悅。「她不是我的女朋友。」他說。

「聽他說呢！」卡爾說。「我看見他們天天在一起。」

「卡爾可不會有女朋友，」他母親說，「連個印第安女朋友也沒有。」

卡爾不作聲了。

「卡爾在女孩子跟前就沒本事了。」法蘭克說。

「閉上你的嘴。」

「你沒有錯呀，卡爾，」裘加納說。「女孩子不會隨便找一個男兒漢的。瞧瞧你們的爸爸。」

「好啦，你一定會說這種話的，」裘太太在車子顛簸的時候，坐到了裘加納的身邊。

「而且，你當年還有許多女朋友呢。」

「我打賭我爸爸從來不會交印第安女朋友。」

「你不要胡思亂想吧，」裘加納說。「你得多留神，別把普魯娣丟了，尼克。」

他太太與他竊竊私語，隨後裘加納便大笑起來。

「你在笑什麼？」法蘭克問。

「你可不能說呀，加納。」他太太警告他說。裘加納便又笑了起來。

「小尼克會得到普魯娣的，」裘加納說。「這樣我就有個好女孩。」

「你就是喜歡說這一套。」裘加納太太說。

篷車顛簸不停，飛奔下一個長長的山坡。他們到家以後，個個都跳下車。裘太太敞開屋門，到裡面拿出一盞燈。卡爾和尼克將車廂後面的東西搬下來。法蘭克坐在前面的座位上，將車趕到牲口棚，卸下馬來。尼克走上台階，推開廚房的門。裘太太正在生爐子。當她向木柴上倒煤油的時候，她轉向尼克。

「再見，裘加納太太，」尼克說。「謝謝你帶我出去玩。」

「啊，沒什麼，尼克。」

「我玩得快活極了。」

「我們也都歡迎你來玩。你不等一下吃完晚飯再走嗎？」

「我還是走吧。我想，爸爸也許在等我呢。」

「好吧，那就不留你了。你叫卡爾回家來，好不好？」

「好。」

「再見，尼克。」

「再見，裘加納太太。」

尼克走出院子，直奔牲口棚。裘加納和法蘭克正在擠奶。

「晚安，」尼克說。「我玩得真痛快。」

「晚安，尼克，」裘加納高聲說。「你怎麼不留下吃了飯再走呢？」

「不要了，不能等了。你告訴卡爾，說他媽媽叫他，好不好？」

「好的。再見，尼克。」

尼克在穿過牲口棚下面草地的一條小路上赤著腳走著。道路平坦，露珠滴落在他那光著的腳板上，感覺到涼沁沁的。在草地的盡頭，他超越籬笆障礙，向一條深谷走去，他的腳被沼澤的泥水打濕了。然後，他攀越過乾燥的樺樹林，望見了自家茅屋中熒熒的燈光。他跨過自家籬障，轉到房前的門廊上。從窗口望見他父親坐在桌子邊，在一盞燈下讀書。尼克開了門，走進屋內。

「噢，是尼克，」他父親說，「今天玩得好嗎？」

「很好，爸爸。這真是一個愉快的獨立節呀。」

「你餓了吧？」

「當然。」

「怎麼你的鞋子呢？」

「掉在裘加納家的篷車上了。」

「快到廚房裡來吧。」

尼克的父親提著燈走在前面。他在冰箱跟前停下，打開蓋。尼克徑直走進廚房。他父親用盤子給他盛來一塊凍雞，拿來了一罐牛奶，將它們放在尼克跟前的桌面上，隨後把燈放下。

「還有餡餅，」他說。「你喜歡吃嗎？」

「好極了。」

他父親坐在罩有油布的飯桌一旁的椅子上。他在廚房的牆壁上映射現了一個巨大的身影。

「球賽誰贏了？」

「佩特斯克。五比三。」

他父親坐在一邊注視著他吃飯，還拿奶罐往他的玻璃杯裡倒牛奶。尼克喝了牛奶，拿起餐巾擦了擦嘴。他父親從碗櫥上取下餡餅，給尼克切了一大塊。這是一種越橘餡餅。

「你今天做了什麼呀，爸爸？」

「今晨我釣魚去了。」

「你釣到了什麼魚？」

「只有鱸魚。」

他父親坐著看他吃餡餅。

「你下午幹什麼來著？」尼克問。

「我到印第安營地散步去了。」

「你遇見過什麼人沒有？」

「印第安人都在城裡喝醉了。」

「你什麼人也沒有看見嗎？」

「我見過你的朋友，普魯娣。」

「她在哪兒？」

「她跟法蘭克．華斯本在樹林裡。我是偶然遇上的。他們在一起很久了。」

他父親沒有望尼克。

「他們在做什麼呢？」

「我看不出來。」

「告訴我，他們在做什麼？」

「我不知道，」他父親說。「我只聽見他們在嬉笑喧鬧。」

「你怎麼知道是他們倆呢？」

「我看到他們了。」

「我以爲你說你沒見到他們呢。」

「哦，是的，我看見他們了。」

「是誰跟她在一起呀？」尼克問。

「法蘭克．華斯本。」

「他們——他們——」

「他們什麼？」

「他們快樂嗎？」

「我想是快樂的。」

他父親在餐桌旁站了起來，從廚房的紗門門口走了出去。當他回來的時候，尼克正目不轉睛地注視著自己的盤子。他剛才哭泣過。

「再多吃些吧？」他父親拿起刀來切餡餅。

「不要了。」尼克說。

「你還是再吃一塊吧。」

「不，我一點也不要了。」

他父親將桌面擦拭乾淨。

「他們在林子的什麼地方？」尼克問。

「就在印第安營的後邊。」

尼克盯著自己的盤子。

他父親說：「你最好去睡吧，尼克。」

「好吧。」

尼克走進自己的房間，脫下衣服，上了床。他聽到他父親在客廳裡來回踱步。尼克躺在被窩裡，臉埋在枕頭中。

「我的心碎了，」他想。「我這麼痛苦，我的心一定是碎了。」

過了一會兒，尼克聽見他父親吹熄了燈，走進自己的房間。他聽到外面樹林裡刮起了一陣風，而且感覺到它涼颼颼地從紗窗吹進屋裡。他將臉伏在枕頭上躺了很長時間，但不久便忘了去想普魯娣，而終於睡著了。當他在夜間醒來的時候，他聽到了屋外鐵杉林中的風聲和流水沖蕩湖濱的波浪聲，然後他重又入睡了。

早上刮起了大風，一時湖岸邊水波洶湧，尼克醒來老半天才想起他的心已碎了。

九

給某人的金絲雀

火車很快地經過一幢紅石砌成的長形房屋，屋外有花園，花園裡四株濃密的大棕櫚樹蔭底下有幾張桌子。另一面是海岸，接著看到的是紅石和黏土的截斷面，海洋只是偶爾出現在遠處巉岩下方。

「我是在帕勒摩把牠買下的，」一位美國女士說，「我們還有一個小時就要上岸，那是一個星期天的早晨。那個人需要錢用，我給他一元五角，牠真的唱得很美妙。」

火車上很熱，臥鋪車廂當然也很熱。打開的窗戶連一點微風也沒有吹來。那位美國女士把窗簾拉下來，這樣連偶爾看得到的海洋也不見了。另一邊是玻璃窗，然後是走道，而後是開著的窗子，窗外是滿佈塵土的樹林和沾染油漬的路面，以及平坦的葡萄田野，田野後面是灰色的小山。

有許多煙囪冒著煙——火車進入馬賽港慢了下來，從許多條鐵軌中的一線進入車站。火車在馬賽站停了二十五分鐘，那位美國女士買了一份每日郵報，半瓶礦泉水。她沿月台走了幾步，而後站在車門的階梯邊，因爲在康尼要停十二分鐘；火車離站時並沒有信號，但她及時上了車。這位美國女士有點重聽，也許信號已經發過了，只是她沒有聽見而已。

火車離開了馬賽港的這個車站，那兒不僅有調車場和冒煙的工廠，而且回頭一看，整個馬賽港和港後方的石山，以及水上落日，到處都迷濛一片。這時天色昏暗，火車經過田野，田野中有一幢農舍失火了。汽車沿路停著，田野中散滿了鋪蓋和從其他的農舍裡搬出來的東西，許多人在觀望房屋起火。天黑之後，火車進入亞維農。人群上車的上車，下車的下車。

回巴黎去的法國人在書報攤買了當天的法文報紙。月台上有黑人士兵，他們穿著棕色制服，個子高大，在燈光下臉上閃閃發光。他們的臉很黑，雖然個子高，卻並不引人矚目，火車離開了站著黑人的亞維農站，一個矮個子白人士官與他們站在一起。

在臥鋪車廂裡，茶房從車廂牆壁上放下三張床，爲他們準備睡鋪。這天晚上，那位美國女士躺著沒有睡，因爲火車是特別快車，行駛得太快，她在夜裡很怕這種高速，那位美國女士的床靠車窗那邊，從帕勒摩來的那隻金絲雀，用一塊布蓋在籠子上，放在通往臥鋪車廂洗手間的走道上。車廂外一線藍光，整個晚上火車都在奔馳，那位美國女士醒著躺在那裡，惴惴不安，簡直以爲會出車禍似的。

早上，火車行近巴黎，那位美國女士從洗手間出來，雖然一夜沒睡，但看起來整齊光鮮，充滿了中年婦女的風韻，她把鳥籠的布掀開，把籠子掛在太陽下，然後走到後面的餐車去吃早飯。當她再回到臥鋪車廂時，床鋪已收到牆壁上去而變成座位。金絲雀在陽光中抖著羽毛，陽光從開著的窗口射進來，火車愈來愈接近巴黎了。

「牠喜歡陽光，」美國女士說。「牠現在要唱一會兒歌。」

金絲雀抖著羽毛，而後用嘴啄著羽毛。「我一直都很喜歡鳥類，」美國女士說。「我把牠帶給我的小女兒。看——牠現在歌唱了。」

金絲雀發出啁啾吱喳之聲，喉頭的羽毛突起，然後將嘴向下啄入牠的羽毛。火車越過一條河流又穿過一處細心培植的森林，接著駛過了巴黎市外許多小鎮。鎮上有電車，朝鐵道這面的屋牆上有巨幅的夏丹妮．杜邦和波諾等廣告畫。所有這些情景似乎都與在早餐前所看到的相似。有好幾分鐘我沒有聽那位女士講話，因爲她在跟我的妻子交談。

「妳丈夫也是美國人嗎？」那位女士問。

「是的，」我的妻子說。「我們兩個都是美國人。」

「我以爲你們是英國人。」

「噢，不是的。」

「也許是因爲我穿背帶褲，」我說。我本來是要說吊帶的，後來我改口說背帶，以顯示我的英國氣質。那位美國女士沒有聽到。她實在聾得厲害；她聽話是看人家的嘴形，可是我並沒有朝著她。我望著窗外，她繼續和我的妻子交談。

「我很高興你們是美國人，美國男人是好丈夫，」那位美國女士說。「那就是爲什麼我們要離開歐洲大陸的原故。我女兒在斐維跟一個男人談戀愛，」她停頓了一下。「他們只是瘋狂地戀愛。」她又停頓了一下。「當然，我要帶她離開。」

「她結束了那份戀情嗎？」我妻子問。

「我想是沒有，」那位美國女士說。「她既不吃也不睡。我已想盡辦法，但是她就是對什麼也不感興趣。她對什麼事情都不在乎了，但我不能讓她嫁給一個外國人。」她停頓了一下。「有一個非常好的朋友曾經告訴我，『沒有任何外國人能做美國女孩的好丈夫。』」

「不，」我的妻子說。「我不以爲然。」

那位美國女士羨慕我妻子所穿的旅行裝。後來我們才知道那位美國女士在巴黎聖榮路一家豪華的服裝店，爲自己購買華貴服裝已經有二十年的歷史。那家店裡有她的尺寸，一位認識她的店員，知道她的脾氣與愛好，爲她挑選衣物寄往美國去。衣服寄到她所住的紐約郊區的郵局，因爲郵資不足，他們打開包裹來看，那些衣服在郵局獲得極大讚美；那些衣服通常是沒有鑲邊，沒有花飾，顯出純樸之美，看起來反而特別顯得昂貴。現在的店員叫荷雷西，以前那位叫艾蜜莉。二十年來就是她們兩人侍候她的衣著。然而，價錢當然漲了不少，但匯率也上升了，可以抵銷。她們也把她女兒的尺寸記下來，她的女兒現在已經長大，身材尺寸不會有多大改變。

火車正進入巴黎。戰時的工事已塡平，但草還沒有長起來。許多汽車靠鐵道那邊停放著——幾輛棕色的木製餐旅車、幾輛棕色的木製臥車。晚上五點鐘，如果現在和從前一樣也是五點鐘出發，那就是開往義大利的列車，車輛便標明往返巴黎——羅馬的記號。座位裝在車頂上的列車是往返巴黎與郊區，上下班時間就擠滿了人群。一路上經過的房屋都是白色牆壁，有許多窗子。乘客都還沒有吃過早餐。

「美國人能做最好的丈夫，」那位美國女士對我妻子說，我已把行李袋拿下來。「美國男人是世界上唯一可以嫁的男人。」

「妳是多久以前離開斐維的？」我妻子問。

「兩年前的秋天。妳知道，我現在正要將這隻金絲雀帶給我女兒。」

「妳女兒所愛的男人是瑞士人嗎？」

「是的，」美國女士說。「他出身於斐維一個非常好的家庭，他就要成爲工程師了，他們在斐維相遇，他們常常一起散步。」

「斐維那個地方我很熟，」我妻子說。「我們曾在那邊度蜜月。」

「真的嗎？那一定很美。不過，她會愛他，我是真沒有想到。」

「那是個非常美麗的地方，」我的妻子說。

「是的，」美國女士說。「誰說不美呢？你們在那邊什麼地方下車？」

「我們會住在庫倫尼旅社，」我妻子說。

「這是一家相當不錯的老旅社，」那位美國女士說。

「是的，」我妻子說。「我們預訂了一間很美的房間，那裡的秋天非常美麗。」

「妳秋天到過那邊嗎？」

「是的，」我妻子說。我們經過三部出了車禍的汽車，車身都已破裂，車頂已下陷。

「瞧，」我說。「出了車禍。」

那位美國女士望望，看著最後的一輛車。「我整晚都在害怕這種事情，」她說。「我有時對某些事預先有恐懼感，我再也不敢坐夜快車了，一定有別的舒適火車不會行駛得這樣快吧。」

火車在夜色中駛進了里昂站，然後停了下來，行李挑伕紛紛走到窗子前。我隔著窗子把行李遞出，然後和太太走到幽暗而漫長的月台上，美國女士則在指揮那三名從庫克來的男士之一為她服務。那人說：「稍等一下，夫人，讓我找出妳的名字。」

行李挑伕帶來一輛推車，把行李堆在車上，我太太和我向那位美國女士道別，這時從庫克來的那名男士也已由口袋裡取出一捆打字紙，在其中一張上找到了那位美國女士的名字。

我跟著挑伕和他的推車下到火車旁那一長列的月台上。月台終點是一道門，站務員在那裡收票。

我們正要回到巴黎，去處理分居事宜。

十

阿爾卑斯山牧歌

即使是清早就下山，走進山谷仍覺得天氣很熱。太陽把我們隨身所帶滑雪板上的積雪融化了，把木板也曬乾了。山谷裡是春天，但是，太陽實在熱得炙人。我們沿著大道來到加耳都爾，隨身帶著滑雪板和帆布背包。我們經過教堂墓地時，那兒剛剛舉行過一場葬禮。一個神父從教堂墓地出來，經過我們身旁，我對他說「與主同在」。神父哈一哈腰。

「奇怪，神父總是不跟人說話。」約翰說。

「你以爲他會說『與主同在』吧。」

「他們從來不答腔。」約翰說。

我們在路上停了下來，目睹教堂司事在鏟新土。一個農民站在墓穴旁邊，他有一臉濃黑的絡腮鬍子，腳蹬高筒皮靴。教堂司事歇下來，伸了伸腰。那個穿高筒靴的農民把教堂司事手裡的鏟子拿了過來，繼續把土塡進墓穴——像在菜園潑灑肥料那樣，把土潑灑得很均勻。在這個陽光燦爛的五月清晨，這樁塡墓穴的事情，看來好像不是真實的。我簡直不能想像會有什麼人死亡。

「你倒想想看，像今天這樣的日子，竟然會有人入土。」我對約翰說。

「我不喜歡這種事。」

「呃，」我說，「我們才不要這麼做。」

我們繼續沿大道走去，經過鎭上許多房屋，到客棧去。我們已經在西爾維列塔滑了一個月的雪，這會兒能夠下山，來到山谷，真是不錯。在西爾維列塔滑雪固然很好，可是，那是春天滑雪，雪只在清晨和黃昏才適合滑。其餘的時間，雪等於讓太陽給糟蹋了。我們兩人都對太陽感到厭煩。你沒法逃避太陽。唯一的陰影就是岩石和一間茅舍投下的，茅舍就在冰川旁邊，靠一塊岩石的庇護而起造。可是，在這陰涼的地方，汗水卻在你的襯衣褲裡凍結了。你不戴上墨鏡，就無法坐到茅舍外面去。臉孔曬得黧黑本來是件樂事，無奈太陽一直令人覺得十分疲累。你不能在太陽底下休息。能夠離開雪，走下山來，我感到真開心。春天上西爾維列塔山，時間太遲了。我對滑雪也有點兒感到厭煩了。我們待的時間太長。我嘴裡還有我們一直在喝的雪水所呈現的味道，是茅舍的鉛皮屋頂上融化的雪水。這股味道也是我對於滑雪感受的一個組成部分。我真高興，除了滑雪，還有其他一些事情。我很高興能夠下山，能夠離開高山上那種反常的暮春氣候，置身在山谷裡這種五月早晨的天氣中。

客店老闆坐在門廊那兒，他的坐椅向後翹起，抵著牆壁。廚師坐在他身旁。

「滑雪，嗨！」客店老闆說。

「嗨！」我們說著，把滑雪板倚在牆根，卸下我們的帆布背包。

「山上怎樣啦？」客店老闆問道。

「很好。太陽稍嫌大了點。」

「是呀。今年這時候太陽是太大了。」

廚師仍是坐在椅子裡。客店老闆陪我們進去，打開他的辦公室，取出我們的郵件。有一捆信和一些報紙。

「來點啤酒吧。」約翰說。

「好啊。我們到裡頭去喝。」

客店老闆拿來兩瓶酒，我們邊喝酒邊看信。

「最好再來些啤酒。」約翰說。這回送酒來的是個女郎。她臉露笑容，打開瓶蓋。

「好多信。」她說。

「是呀，好多。」

「恭喜，恭喜！」她說著，拿了空瓶出去。

「我已經忘記啤酒是什麼味道了。」

「我沒有忘記，」約翰說。「在山上茅舍裡，我總是大想特想啤酒。」

「唔，」我說，「這會兒我們終究喝到了。」

「任何事情都絕不應該弄得時間太長。」

「是呀。我們在山上待的時間太長了。」

「真他媽的太長了，」約翰說。「把事情弄得時間太長，沒有好處。」

太陽透過敞開的窗戶照進來，透過啤酒瓶，照在桌上。瓶子裡都還有一半酒。瓶子裡的啤酒上都有一些浮沫，並不很多，因爲天氣還十分冷。你把啤酒倒進高腳杯子裡，泡沫就泛上來。我從敞開的窗戶望出去，看著白色的大道。道旁的樹木都滿是塵埃，遠處是碧綠的田野和一條小溪。溪邊植了一行樹木，還有一個利用水力的磨坊，通過磨坊空曠的一邊，我看到一根長長的木頭，一把鋸子不斷地在木頭上起起落落。似乎沒有人在旁邊照料。四隻烏鴉在綠野裡走來走去。一隻烏鴉蹲在樹上監視著。陽台外面，廚師離開他的坐椅，經過門廳，走進後面的廚房。裡邊，陽光透過空玻璃杯，落在桌上。約翰頭靠在雙臂上，身子往前傾斜。

透過窗戶，我看到兩個人走上門前的台階。他們走進飲酒室。一個是腳蹬高筒靴、長著絡腮鬍子的農民。另一個是教堂司事。他們在窗下的桌邊坐下。那個女郎進來，站在他們的桌邊。那個農民好像沒有看見她。他雙手放在桌上，坐在那兒。他穿著一套舊軍服，肘腕上有補釘。

「怎麼樣啦？」教堂司事問道。那個農民卻理也不理。

「你喝什麼？」

「杜松子酒。」農民說。

「他叫的之外，再來四分之一升的紅葡萄酒。」教堂司事對那個女郎說。女郎取來了酒，農民把杜松子酒喝了。他望著窗外。教堂司事瞅著他。約翰已經把頭完全靠在桌上。他睡著了。

客店老闆進來，跑到那張桌子那兒去。他用方言說話，教堂司事也用方言回答。那個農民望著窗外。客店老闆走出了房間。農民站了起來。他從皮夾子裡取出了一張折疊的一萬克羅寧的鈔票，把它打開來。那個女郎走上去。

「一起算？」她問道。

「一起算。」他說。

「葡萄酒我來付。」教堂司事說。

「一起算。」那個農民又對女郎說一遍。她把手探進她的圍兜口袋，拿出許多硬幣來，數出了該找的錢。農民走出門去。等他一走，客店老闆又進來和教堂司事談話。他在桌旁坐下，他們用方言談話。教堂司事覺得很有趣，客店老闆卻是一派厭惡的神情。教堂司事從桌旁站了起來。他是個留著一撮小鬍子的矮子。他探身伸出窗外，望著大道。

「他進去啦。」他說。

「到羅汶酒店去啦？」

「是。」

他們又談了一陣子話，接著，客店老闆向我們桌子這邊走來。客店老闆是高個子的老頭兒。他看到約翰睡著了。

「他很累。」

「是呀，我們起得早。」

「你們要馬上吃東西嗎？」

「隨便，」我說。「有什麼吃的？」

「你要什麼有什麼。那姑娘會拿菜單卡來。」

女郎拿來了菜單。這時約翰醒了。菜單是用墨水寫在卡片上，然後把卡片嵌在一塊木板上。

「菜單來了。」我對約翰說。他看看菜單，人還是迷迷糊糊的。

「你來和我們喝一杯好嗎？」我問客店老闆。他坐下來。「那些個農民真不是人。」客店老闆說。

「我們進鎮來的時候，看到那個農民在舉行葬禮。」

「那是他妻子入土。」

「啊。」

「你這是什麼意思？」

「他簡直不是人，所有這些農民都不是人。」

「你簡直不會相信。你簡直不會相信剛才那個人是怎麼一種情況。」

「你倒說說看。」

「說了你們也不會相信。」客店老闆對教堂司事說。「弗朗茲，你過來。」教堂司事來了，手裡拿著他那小瓶酒和酒杯。

「這兩位先生是剛從威斯巴登茅舍下來的。」客店老闆說。我們握握手。

「你要喝什麼？」我問道。

「什麼也不要。」弗朗茲晃了晃手指頭。

「再來四分之一升怎樣？」

「好吧。」

「你懂得方言嗎？」客店老闆說。

「不懂。」

「究竟是怎麼回事？」約翰問道。

「他在說我們進鎮來時看到的那個在填墓穴的農民，要把相關情況告訴我們。」

「不過，我聽不懂，」約翰說。「說得太快了。」

「那個農民，」客店老闆說，「今天送他的妻子入土。她是去年十一月裡死的。」

「十二月。」教堂司事說。

「這沒多大關係。那麼，她是去年十二月死的，他報告過村社。」

「十二月十八日。」教堂司事說。

「總之，雪不化，他就不能送她來入土。」

「他住在巴茲瑙那邊，」教堂司事說，「不過，他屬於這個教區。」

「他根本就不能送她出來？」我問道。

「是呀。要等到雪融化了，他才能從他住的地方坐雪橇來。所以他今天送她來入土，神父看了看她的臉，不肯掩埋她。你接下去講吧，」他對教堂司事說。「說德國話，別說方言。」

「神父覺得很稀奇，」教堂司事說。「給村社的報告是說她因心臟病死的。我們也知道她患心臟病。她有時候會在教堂裡昏厥。她已經好久沒上教堂了。她沒有力氣爬山。神父揭開毯子，看了她的臉，就問奧爾茲：『你老婆當時病得很厲害吧？』『不，』奧爾茲說。『我回到家，她已經橫在床上死了。』

神父又看了她一下。他並不喜歡看她。

『她臉上怎麼弄成那個樣子？』

『我不知道。』奧爾茲說。

『你還是去弄弄清楚吧。』神父一邊說，一邊又把毯子蓋好。奧爾茲什麼話也沒說。神父望望他。奧爾茲也望望神父：『你要知道嗎？』

『我一定要知道。』神父說。」

「精彩的地方就在這兒，」客店老闆說，「你聽著。弗朗茲，往下說吧。」

「『呃，』奧爾茲說，『她死的時候，我報告過村社，我把她放在柴間裡，擱在一塊大木頭上面，後來我要用那塊大木頭，她已經硬梆梆了，我就把她挨著牆豎起來。她的嘴巴張開著，每當我晚上走進柴間去劈那塊大木頭時，我就把燈籠掛在她嘴上。』

『你幹嘛那麼做？』神父問道。

『我不知道。』奧爾茲說。

『你那樣掛過許多回？』

『每當我晚上到柴間去幹活時都這樣掛。』

『這真是大錯特錯的事，』神父說。『你愛你的妻子嗎？』

『對，我愛她，』奧爾茲說。『我真愛她。』」

「你全都明白了吧？」客店老闆問道。「你對他妻子的情況都明白了吧？」

「我聽見了。」

「吃東西了，好嗎？」約翰說。

「你點菜吧，」我說。「你認爲這是真的嗎？」我問客店老闆。

「當然是真的，」他說。「這些農民真不是人。」

「他這會兒到哪裡去啦？」

「他到我的同行羅汶酒店那兒去喝酒了。」

「他不願跟我一起喝酒。」教堂司事說。

「自從司事知道他妻子的情況以後，他就不願和我一起喝酒。」客店老闆說。

「喂，」約翰說，「吃東西了，好嗎？」

「好啦。」我說。

十一

追逐賽

威廉．坎貝爾曾在匹茲堡與一位滑稽演員舉行過一次自行車追逐賽。在自行車追逐賽中，參賽者每隔相同一段時間起程，一個接著一個追逐，因為通常賽程都很短，必須騎得很快，如果有人慢下來了，而另一個參賽者能保持速度不被別人趕上的話，他便取代了前面那個人。只要一個被趕上，被趕上的那個人就取消資格而從自行車下來離開跑道。如果沒有人趕上，勝利者一定是那個把距離拉得最長的人。在大部分的自行車追逐賽中，如果最後只剩下兩個人，其中後面那個人必須在六哩之內趕上前面那個人。那位滑稽演員在堪薩斯城趕上了威廉．坎貝爾。

直到他們抵達太平洋海岸時，威廉．坎貝爾才有希望保持稍微領先那位滑稽演員。只要他領先那位滑稽演員，他就可以獲得獎金。當那位滑稽演員趕上他時，他已經睡在床上。當那個滑稽表演團的經理到他房間裡來的時候，他就是睡在床上的。在這位經理出去之後，他決定他還是留在床上的好。堪薩斯城很冷，他不急於出去，他不喜歡堪薩斯城。他伸手到床底摸出一瓶酒來喝。酒使他的肚子感到舒服一些。那位滑稽演員的經紀人透納先生不願意和他喝一杯。

威廉．坎貝爾與透納先生的晤談有點奇怪。當時透納先生敲門，坎貝爾說：「請進！」透納先生進入房內，他看到椅子上的衣物，一個打開的手提箱，床邊的椅子上有一隻瓶子，有個人躺在床上，全身用被單蓋起來。

「坎貝爾先生，」透納先生說。

「你不能開除我，」威廉・坎貝爾從被單底下說。「你不能解雇我，因爲我已經從自行車上下來了。」

「你已經喝醉了，」透納先生說。

「啊，是的，」威廉・坎貝爾說，他對著被單說話，嘴唇碰著被單。

「你真傻，」透納先生說。他把電燈關掉，電燈整夜都亮著，現在已是上午十點鐘了。「你是個愚蠢的醉鬼，你什麼時候進入這個城鎭的？」

「昨天晚上，」威廉・坎貝爾說，他又是從被單下面在說話。他發覺他樂於從被單下說話。「你曾經從被單底下說過話嗎？」

「你別逗趣了，你並不有趣。」

「我不是逗趣，我只是透過被單說話。」

「不錯，你是透過一層被單在說話。」

「你現在可以走了，透納先生，」坎貝爾說。「我不再爲你工作了。」

「你自己心裡明白那件事的。」

「我非常明白，」威廉・坎貝爾說。他把被單拉下，望著透納先生。「我知道的內情夠多了，所以根本不在乎看你的尊容。你想聽聽我所明白的內情嗎？」

「不必啦。」

「好，」威廉・坎貝爾說。「因爲實際上我什麼也不知道，我只是說說罷了。」他又把被單拉上蓋住臉。「我喜歡在被單底下講話，」他說。

透納先生站在床邊，他是個肚皮圓滾的中年人，頭已禿了，他有許多事情等著要做。

「比萊，你應該離開這兒去就醫，」他說。「如果你願意，我爲你安排。」

「我不要就醫，」威廉·坎貝爾說。「我一點也不想就醫，我很快樂，我的一生都非常健康快樂。」

「你這個樣子已經多久了？」

「什麼話！」威廉·坎貝爾在被單底下氣呼呼的。

「比萊，你這樣酗酒濫飲已經多久了？」

「我不知道，但是我的狼已經回來了，」他的舌頭碰到了被單。「已經回來了一個星期。」

「回來個屁。」

「噢，真的回來了，我親愛的狼啊，每一次我喝酒，他就走出室外，他受不了酒的氣味，這可憐的小東西。」他把舌頭在被單上滾轉。「他是很可愛的狼，他總是那個老樣子。」威廉·坎貝爾合上眼睛，深呼吸了一下。

「比萊，你該去就醫，」透納先生說。「你可以去基利診所看看，那診所並不壞。」

「基利診所，」威廉·坎貝爾說。「那距離倫敦不遠吧？」他把眼睛閉上，又張開，眼睫毛碰著被單在動。「我只愛被單，」他說，望著透納先生。「瞧你，認爲我喝醉了？」

「你確是醉了。」

「不，我沒有。」

「你喝醉了，並且你患了醉後抖顫性酒瘋。」

「不，」威廉·坎貝爾把被單包住頭。「親愛的被單，」他說。他挨在被單上輕輕吸氣嗅著。「漂亮的被單。你愛我，是嗎，被單？你是這個房間裡最可愛的，就像在日本一樣，」他說。「喂！比萊，你瞧，親愛的滑頭比萊，我要給你一次驚喜。我並沒有醉。我只是感覺非常興奮。」

「不，」透納先生說。

「你瞧瞧，」威廉·坎貝爾在被單下面把他睡衣的右邊衣袖拉上去，而後伸出右手小臂來。「你瞧瞧這隻手臂。」他的手臂，從手腕到手肘，在深藍的小針孔附近有藍色的小圈圈。這些小圈圈幾乎是一個接一個。「這是新的情況，」威廉·坎貝爾說。「我現在只是偶然喝一點酒，只是想把這屋子裡的狼驅走。」

「他們有治療的辦法，」透納說。

「不，」威廉·坎貝爾說。「他們什麼辦法也沒有。」

「你不能就這樣辭職不幹了，比萊，」透納說。他坐在床上。

「小心我的被單啊，」威廉·坎貝爾說。

「你不能在你這個年齡就辭職不幹了，你要徹底振作起來，就當是你碰上了瓶頸。」

「那是法律不容許的，那就是你所說的不可爲之事。」

「不，我的意思是說你要奮鬥到底。」

坎貝爾用他的嘴唇和舌頭去觸撫被單。「親愛的被單，」他說。「我能一邊吻這個被單，一邊透過被單看出去。」

「甩掉你的被單吧，比萊，你不能沉迷於那東西。」

威廉．坎貝爾合上了眼睛，開始覺得有些想嘔吐，他知道嘔吐的感覺會愈來愈厲害，這種病是無法救治的，除非有東西來抵制它。基於這一點他建議透納先生與他喝一杯。透納先生不肯。威廉．坎貝爾拿起酒瓶喝了一口。這是暫時的救治辦法。透納先生望著他。透納先生在他的房間裡已經超過預定的時間，他有許多事情等著要辦。雖然他每天所接觸的人中有許多是吸毒的，他也很害怕毒品，但他非常喜歡威廉．坎貝爾，他不想離開他。他爲他感到難過，他認爲醫療對他有效。他知道堪薩斯城有好的醫療。他認爲必須叫他去。他站起身來。

「聽著，比萊，滑頭比萊，」威廉．坎貝爾說。「我要告訴你一件事。你叫滑頭比萊，那是因爲你會溜滑。我只是叫做比萊，那是因爲我從來不溜滑。我不會溜滑，比萊，我不會溜滑。我只是追巡。每當我去嘗試，我只是追巡。」他閉上眼睛。「我不會溜滑，比萊。當你不會溜滑時，那是多麼的糟糕。」

「是的，」「滑頭比萊」透納說。

「是的，什麼？」威廉．坎貝爾望著他。

「是你剛才說的嘛。」

「不，」威廉．坎貝爾說。「我沒有說，這一定是誤會。」

「你剛剛說到溜滑嘛。」

「不，我剛剛不可能談溜滑。但是聽著，比萊，我要告訴你一個秘密。比萊，你不要離開你的被單。你要遠離女人和馬，並且——」他停頓了一下。「你要遠離老鷹，比萊。如果你愛馬，你就會沾上馬屎；如果你愛老鷹，你就會沾上鷹糞。」他停止了說話，把頭埋在被單下。

「我要走了，」滑頭比萊透納說。

「如果你愛女人，你就要用藥，」威廉．坎貝爾說。「如果你愛馬——」

「是的，那些話你已經說過一遍了。」

「說過什麼？」

「關於馬與老鷹。」

「啊，是的，如果你愛被單。」他嗅著被單，並且用鼻子去觸撫被單。「我不瞭解被單，」他說。「我只是剛剛愛上了這床被單。」

「我要走了，」透納先生說。「我還有許多事要辦。」

「好吧，」威廉．坎貝爾說。「人人都要走。」

「我該走了。」

「好吧，你走吧。」

「你沒有事吧，比萊？」

「我一生中從沒有這樣快樂的了。」

「那麼，你不會出事囉？」

「我很好，你走吧。我只是在這兒待一會兒，正午時分我會起床的。」

但是，當正午時分透納先生來到威廉·坎貝爾的房間時，威廉·坎貝爾還在沉睡。透納先生懂得生命中什麼是極有價值的東西，所以他沒有把威廉·坎貝爾叫醒。

十二

今天星期五

三個羅馬士兵晚上十一點在一家酒館裡。靠牆的地方放著酒桶。櫃台後面有個希伯來酒保。三個羅馬士兵都有些醉意了。

士兵甲　你喝過紅酒嗎？

士兵乙　沒有，我沒有喝過。

士兵甲　你最好喝喝看。

士兵乙　好吧，喬治，我們都來一份紅酒。

酒　保　先生，你們會喜歡紅酒的。

（從酒桶裡取酒，盛入陶土高罐裡）這酒味道不錯。

士兵甲　你自己來一杯吧。

（轉身向士兵丙，他正側著身子靠在一個酒桶上）你怎麼樣了？

士兵丙　我肚子痛。

士兵乙　你老是喝水嘛。

士兵甲　喝口紅酒吧。

士兵丙　我才不喝他媽的那種東西，那東西喝了會肚子痛。

士兵甲　你已經很久不來這裡了。

士兵丙　他媽的，你以為我不知道呀？

士兵甲　嘿，喬治，給這位先生拿點肚子痛的藥來，有嗎？

酒　保　有，我這裡就有。

（士兵丙試喝讓酒保為他調配的那杯東西）

士兵丙　哼，你在杯子裡放了什麼東西，駝駱糞嗎？

酒　保　長官，你把它喝下吧。這是爲你調配的。

士兵丙　哼，我不願把肚子弄得更痛。

士兵甲　喝喝看嘛，前幾天喬治也爲我調配過這東西。我喝了倒覺得很好。

酒　保　官長，你氣色不好。我知道什麼東西可以整治腸胃。

（士兵丙把杯裡的東西喝下去了）

士兵丙　天哪！

（作個鬼臉）

士兵乙　別做怪樣子啦。

士兵甲　啊，我不知道。他今天在那十字架上還蠻好的。

士兵乙　爲什麼他不想從十字架上掙脫下來呢？

士兵甲　他才不願走下十字架呢，他不會要那個寶。

士兵乙　你倒指給我看看，天下那有情願釘在十字架上的人。

士兵甲　哼，那種事你是不會懂的。你去問問喬治。那個人想從十字架上下來嗎，喬治。

酒　保　先生，我跟你們說，我沒有到過那邊。那種事我一點興趣也沒有。

士兵乙　哼！這種事我看得太多啦——這裡和別的地方都發生過。不管什麼時候，如果你告訴我有這麼一個人，心甘情願釘在十字架上不肯下來的話，注意，我是說不管什麼時候都可以，我願意跟他一起釘在十字架上。

士兵甲　我認爲他在那十字架上蠻不錯。

士兵丙　的確不錯。

士兵乙　你們這些人都不懂我所講的話。我並不是講他那個樣子是好是壞，我是說天下沒有這樣的事。況且，士兵一開始便不願做這樣的事。

士兵甲　喬治，你懂他說的話嗎？

酒　保　不懂，長官，我對那種事一點興趣也沒有。

士兵甲　我很詫異他爲什麼要那樣做。

士兵丙　我不喜歡把人釘在上面。你知道，那樣對你也不怎麼好過的。

士兵乙　實在也並不會那麼難過，只是當他們開始豎起十字架的時候。（**把手掌合在一起作個舉起東西的手勢**）當他們感覺到重量的時候，也就是他們感覺到難過的時候。

士兵丙　他們之中一定有人很難過。

士兵甲　你以爲我沒有見過這種情形呀？我可見多了。我告訴你，他今天在那十字架上顯得非常安詳。

（士兵乙對希伯來酒保笑笑）

士兵乙　好傢伙，你是個十足的基督迷。

士兵甲　是又怎麼樣，你繼續嘲笑吧。但是，你聽著，我還是要告訴你這件事，他今天在那十字架上顯得非常安詳。

士兵乙　再多喝幾杯吧？

（酒保仰望著他們的吩咐，士兵丙垂著頭坐在那兒，他看起來非常難過的樣子）

士兵丙　我不想再喝了。

士兵乙　只來兩杯，喬治。

（酒保拿出一隻盛滿酒的陶土高罐，但比剛才那個小一些，他向前依在櫃台上）

士兵甲　你們看過他的女人嗎？

士兵乙　當時我不是就站在她的右邊嗎？

士兵甲　她長得很不錯。

士兵乙　我認識她在他之前。

（向酒保擠擠眼睛）

士兵甲　以前我常在城裡碰見她。

士兵乙　她曾經很有幾個錢，他總是帶給她運氣。

士兵甲　啊，他自己的運氣卻真差。但是，我看他今晚在那十字架上顯得非常不錯的樣子。

士兵乙　他那夥人怎麼樣了呢？

士兵甲　啊，他們都散了，只有幾個女的伴著他。

士兵乙　他們不過是一些烏合之眾。當他們看到他釘上十字架的時候　他們都木然無所感覺的樣子。

士兵甲　不過有幾個女的守著他。

士兵乙　當然，她們都還不錯。

士兵甲　你看到我把那支舊矛刺進他的肚子嗎？

士兵乙　你那樣做，終有一天會遭到報應的。

士兵甲　我也是無可奈何嘛，反正我還保留了一點。我要告訴你，他今天在那十字架上顯得確實不錯。

酒　保　先生，很抱歉，我要打烊了。

士兵甲　我們再喝幾杯嘛。

士兵乙　那有什麼用？以酒澆愁無補於事，起來，走吧。

士兵甲　再喝一巡嘛。

士兵丙　（**從酒桶處起身**）別喝了。起來，走吧。我今天晚上難過得要命。

士兵甲　再喝一巡嘛。

士兵乙　不喝了，起來。我們走吧。再見，喬治。請記帳。

酒　保　先生，再見。（有點擔心的樣子）你們不會不來清帳吧，長官？

士兵乙　說什麼話嘛，喬治！星期三就發餉了。

酒　保　好吧，長官。再見，先生。

（三個羅馬士兵走出門外，到了街上）

（在屋外街上）

士兵乙　喬治是個猶太人，就像其他所有的人一樣。

士兵甲　啊，喬治是個好人。

士兵乙　今晚對你來說，什麼人都是好人。

士兵丙　走吧，我們回軍營去，我今天晚上很難過。

士兵乙　你在這兒待得太久，不耐煩了，是嗎？

士兵丙　不，並不是那樣，我實在是太難過了。

士兵乙　你出來待在這兒太久了，就是那麼一回事。

十三 老生常談

他那樣吃著橘子，慢慢吐出籽。屋外的雪正在轉變成雨，室內的電爐似乎不暖了，他從寫字檯站起來，緊靠近爐子坐下。嗯，感覺多舒服！嗯，這才是人過的生活！

他伸手去拿另一隻橘子。遠在巴黎，麥斯卡在第二回合就把丹尼．弗拉雪那個自命不凡的笨瓜打倒了。遠在美索不達米亞已經下雪達二十一尺之深。橫過這個世界，在遙遠的澳洲，英國的板球隊員正在激烈地攻板球場上的三柱門。還有羅曼史正在發生。

他讀到，文藝贊助人發現了「論壇雜誌」。這本雜誌是少數有思想的人的指導者，哲學大師兼朋友。得獎的短篇小說——它們的作者能寫出明天的暢銷書嗎？

你會欣賞這些溫暖平凡的美國故事，這些故事寫的是空曠的牧場上、擁擠的公寓裡或舒適的家庭裡，一點真實的生活，當然，故事中都穿插一些時下流行的所謂健康的幽默。

他想，我一定要讀一讀這些故事。

他在讀。我們的孩子的孩子——他們是什麼樣子？他們是誰？新的工具一定會爲我們在太陽底下找到生存的空間。但是，這種生存是靠戰爭還是靠和平的方式呢？

我們是否都要搬到加拿大去呢？

我們最深重的罪——是科學使他們不安嗎？是我們的文明——我們的文明是否比古老時代的秩序粗劣？

同時，在南美洲猶加敦高原那遙遠的叢林裡正響起採膠者的斧聲。

我們需要壯漢——或是我們需要有教養的人？接納喬艾思吧，接納庫利基總統吧。我們的大學生所定的人生目標是什麼樣的明星？有傑克．布里頓，有亨利．凡．岱克醫生。我們能使他們兩個協調嗎？接納小史川布林的事件吧。

我們的女兒一定要過自己得意的生活，她們怎麼樣了呢？南西．霍桑必須也要在海上過自己得意的生活。勇敢而理智的她正面對每個十八歲少女所遭遇的問題。

這是一本很漂亮的小冊子。

你是個十八歲的少女嗎？採納亞克瓊的範例吧。接納蕭伯納的情形吧。走貝茲．羅絲的路子吧。

想想一九二五年所發生的事情——清教徒的歷史上有過危機的一頁嗎？拯救約翰．史密斯船長的印第安少女坡卡安達絲具有兩面性嗎？她有沒有四度空間可以遁形？是現代畫——現代詩——現代藝術嗎？是或不是都對。接納畢卡索吧。

流氓有行爲法則嗎？去作心靈的探險吧？

到處都有羅曼史。「論壇雜誌」的作家群總是開門見山的談論，他們具有幽默與機智。但是，他們並不想表現得太聰明，也從來不繞著圈子講話。

過你心明如鏡的生活吧，要因新觀念而高興，要陶醉在不平凡的情愛中。他把那小冊子放下。

同時，孟紐爾．賈西亞．梅拉的兩邊肺葉都接上了管子，平躺在屈安納家裡陰暗的房間中，正在與肺炎搏鬥，安達魯西亞所有的報紙都製作了關於他生平的特刊，好幾天以來媒體就一直在預告他的死訊。男孩子、男士們都買他的彩色照片當作紀念，沒有照片的人看到他那石板印刷的圖畫也都會記憶猶新。鬥牛士們對他的死卻有解脫感，因爲他在鬥牛場上總是會有精彩演出，而那是他們只能偶一爲之的。他們在雨中爲他送葬；一百四十七個鬥牛士送他赴墓地，他們把他埋葬在約士里托的隔壁。葬禮之後，雨停了，他們都坐在餐館裡。鬥牛士梅拉的彩色照片賣出了許多，那些買他照片的人把照片捲起來或塞進他們的口袋裡。

十四

現在我躺下

那天夜裡我們睡在房間的地板上，聽著蠶吃桑葉的聲音。蠶在擺著桑葉的架子上，整夜都可以聽到蠶在吃桑葉，還有桑葉從架子上落下來的聲音。我自己不想睡，因爲長久以來就知道，如果我在黑暗中閤上眼睛，完全放輕鬆，我睡著了時靈魂就可以出竅。我有這樣的情況已經很久了。自從那天夜裡被炸以後，我就感到靈魂離開了軀體，飛走了然後又回來。我試著永遠不去想它，然而就從那時起，我感到靈魂開始脫離軀體，那都是在夜間我剛要入睡的時候，我只有付出非常大的力氣，才能制止靈魂離開軀體。我現在已有相當的把握：我的靈魂是不會真正地離開軀體的，但是那年夏天，我卻不願再作一次制止靈魂離開軀體的試驗了。

我躺在床上睡不著的時候，通常有各種不同的方法來自我排遣。我會想到一條小溪。那時我還是一個孩子。我沿溪走去釣鱒魚。我走著走著，心裡卻在回憶怎樣從頭到尾沿溪釣魚，認真仔細地釣魚：我在被砍倒的樹木下釣魚，在曲折河岸的每個轉彎處釣魚，在深潭在淺灘小心地釣魚，有時釣到，有時釣不到。中午，我就停止釣魚，抽時間吃午飯。有時我就在橫跨溪上那被砍倒的大樹上吃，有時則在樹下的高坡上吃，我吃午飯總是慢慢地吃，邊吃邊看著下面的小溪。我常常把釣餌用完了，因爲每次出去釣魚我只帶一個香菸罐，裡面盛著十條蚯蚓。我把十條蚯蚓用完，就只好去找蚯蚓，有時在溪邊刨地十分困難，因爲陽光被雪松遮住了，地上不長草，只有些濕泥，常常找不到蚯蚓。不過，我通常還是能找到別的魚餌。有一次，我在一片沼澤地上什麼魚餌也找不到，就只好把釣來的一尾鱒魚切碎，用來當魚餌了。

有時我在溪邊沼澤草地上找到昆蟲，或在草叢乃至在蕨類植物下面找到昆蟲，就用來作魚餌。其中有甲蟲、腿像草莖一樣的蚱蜢，還有在腐爛圓木中找到的蛆蛹，這些尖腦袋的白色蛆蛹在釣鉤上掛不住，一下冷水就會不知所終。有時我在木材下面找到土蜱，在那兒也可以找到蚯蚓，但是把木頭挪開，牠們就鑽到土裡去了。有一次，我在一根舊圓木下面找到一隻蠑螈，就用牠來當魚餌。這條蠑螈很小，但是活潑靈巧，顏色也好看。牠用小腿緊緊抓住釣鉤。我用牠當釣餌就只這一次。儘管以後常常能找到蠑螈，我也不再用牠當釣餌了。我也不用蟋蟀當魚餌，這是因為我不喜歡牠們掛在魚鉤上亂動的緣故。

有時小溪流過一片空曠的草地，我就在乾枯的草叢裡捉蚱蜢來作魚餌。有時我捉到蚱蜢後就把牠甩到小溪裡，看牠順流而下，在溪水裡游泳，或者遇到漩渦就在水面上打轉兒，接著一條鱒魚上來把牠吃掉了。有時，我一夜之間在四、五條不同的小溪邊釣魚。我盡量找到小溪的源頭，然後沿溪向下游走去，不時停下來釣魚。有時我很快就走到了小溪的盡頭，而時間還很寬裕，我就重新在這條小溪邊釣起魚來，從溪水流入湖中的地方開始，溯流而上，試圖釣到那些沒有被我釣到、順流而下的鱒魚。有幾個夜晚，我還沿著小溪向上游走去，其中有幾條小溪特別令人感到興奮，這時彷彿就是在醒著作夢。有幾條小溪到現在我還記得，並且認為我曾經在這幾條小溪上釣過魚，其實我是把一些我熟悉的小溪跟這些溪流混淆了。

我把形形色色的名字強加給這些溪流，有時還坐火車到那裡去，有時甚至走上幾英里路到那兒去遊玩。

不過，有幾個夜晚，我不能釣魚。那幾個夜晚，我身上感到很冷但頭腦非常清醒，我一再念祈禱詞，爲我自己也爲我認識的所有人祈禱。這要花很多時間，如果你要記起你認識的所有人，回憶起你能回想的最早的事物——對我來說，當然是我出生的那間頂樓了。那裡有我父母的結婚蛋糕，頂樓椽上掛著一隻錫盒子，蛋糕就盛在裡面，頂樓上還有大大小小的玻璃瓶，裡面用酒精泡著我父親孩提時期所收集的蛇和其他動物的標本，瓶子裡的酒精液平面降低了，有些蛇標本和其他動物標本的背部就露出液面，變成白色的了——如果你想得那麼久遠，那你一定會想起許多人來。如果你爲這許多人祈禱，爲每個人都念一遍「萬福瑪利亞」或者「我們在天上的父」的禱告詞，那就要花很多的時間。最後天亮了，如果你躺的那個地方允許你白天睡覺，那你就睡吧。

在這些夜晚，我竭力想回憶起我經歷過的每一件事情，從我參加戰爭前夕開始，一樁樁一件件的往事都回想起來。但是我只能回想起我祖父所住那座房子的頂樓。那我就只能從那時開始，再一路回想下來，一直想到我參加戰爭時爲止。我記得祖父死後，我們搬出了那座房子，搬到一所由我媽媽親自設計建造的房子裡。許多搬不走的東西都在後院燒了。我還記得頂樓上的那些瓶子丟在火裡的情景。瓶子在火裡爆炸，酒精燃燒冒出很高的火焰。我還記得那幾條蛇在後院裡燃燒。但是人呢？我卻記不起來了，我只記得一些東西。我甚至記不得燒東西的人是誰，於是我就冥思苦索起來，一直到記起是什麼人來，然後就爲他祈禱。

關於那所新房子，我只記得媽媽總是在進行大掃除，把家裡收拾得乾乾淨淨。有一次父親外出打獵去了，她就把地下室徹底清掃了一遍，把一切不該放在那兒的東西全燒了。我父親回到了家，從二輪輕便馬車上跨足下來把馬拴住，那火還在房子旁邊的馬路上燃燒，我走出去迎接他。他把霰彈獵槍遞給了我，看著那堆火。「這個是怎麼回事？」他問道。

「我在地下室裡大掃除呢，親愛的，」我母親在門廊裡說。她站在那兒，用笑臉迎接父親。父親看著火，用腳踢了一下。接著他彎下腰去從灰燼裡撿起了一點什麼東西。「快去拿一把耙子來，尼克。」他對我說。我到地下室去取來了一把耙子，於是我父親就很仔細地撥弄起燒剩下的那堆灰燼。他撥出了一些石斧、剝獸皮的石刀，還有製造箭頭的工具，以及陶片和許多個箭頭。這一把火把這些石頭器具和武器燒黑了、破損了。我父親小心在意地把石器耙了出來，然後把它們放在路旁草地上。他的霰彈獵槍裝在皮盒子裡，還有狩獵袋也都放在草地上。他從兩輪輕便馬車上跨下來的時候，就把槍和獵物丟在那兒了。

「尼克，把槍和獵物都拿到房子裡去，順便拿一張報紙出來。」他說。那時我母親早已經回到房裡了。我拿起霰彈槍和狩獵袋向房子走去。用手拿著那槍覺得好重，而槍桿子還直碰我的腿。我父親說：「一次只拿一件，不要一下子就想拿那麼多。」我把狩獵袋放下，先把槍拿進去，然後從我父親的辦公室那堆報紙裡拿了一張報紙。父親把所有燒焦了的、殘缺的石器擺在報紙上，然後把它們包起來。他說：「最好的箭頭全都碎了。」他拿著紙包走進了房子，我留在草坪上守著那兩袋獵物。過了一會兒，我把狩獵袋也提了進去。我睡在床上想到了當時的情景，在場的只有兩個人，因此我為他們祈禱。

不過，有幾個夜晚，我連禱告文也忘記了。我只能背誦到「願你的旨意，行在地上，如同行在天上。」再往下就背不起來了。只好再從頭背，而背誦到那幾句以後又背不下去了。

我只好認輸，實在記不清了，那天夜晚的禱告就不得不停止。而我還想背點別的什麼。因此有幾個夜晚，我就背誦起世界上所有走獸、飛禽、魚類的名稱，接著又開始背誦國家、城市、各種食品的名稱，以及我能記起的芝加哥街道名稱，到後來我什麼也記不起來了，沒辦法之下，我就安靜地聽著。每個夜晚我都聽到一些聲音，還真記不得在哪個夜晚，我什麼聲音也沒有聽到。如果有點亮光，我就不怕睡不著，因為我很清楚，只有在黑暗中靈魂才會離開我。當然有許多夜晚，只要有亮光，我就睡著了，那是因為太睏乏了，不知不覺昏然欲睡。我也知道有許多次我不知不覺就睡著了——但是從來卻不知道自己是睡著了。

而這一夜我聽見蠶在吃桑葉。在夜晚你可以清楚地聽到蠶在吃桑葉。我總是睜大眼睛躺在床上聽蠶在吃著桑葉。

房間裡還有一個人也是醒著的。我聽了好長一段時間，聽出來他是醒著的。他不能像我一樣安安穩穩地躺著，也許是因為他躺在床上睡不著，不習慣。我們睡在毯子上，毯子下面鋪著草。他一動草就沙沙作響，但是蠶並不害怕我們弄出來的任何響聲，牠們吃起桑葉來還是那樣從容不迫。在外邊，離前線七公里的後方，夜裡也有響聲，但是那跟房間裡黑暗中微弱的聲響不同。房間裡另外那個人想安靜地躺著，但是不一會兒他又動了。我也動了一下，他這樣就知道我是醒著的了。他在芝加哥住了十年。一九一四年他回家探親，他們吸收他入伍，看他會說英語，所以才把他分配給我，讓他給我當勤務兵。我聽見他在聽著，所以我包在毯子裡動了動。

「你睡不著嗎，上尉先生？」他問道。

「是的。」

「我也睡不著。」

「怎麼回事？」

「我不知道，就是睡不著。」

「你身體還好嗎？」

「是的，我感覺良好，但就是睡不著。」

「咱們談一會兒，好嗎？」我問道。

「好呀。不過在這個倒楣的地方，有什麼好談的呢？」

「這地方很不錯嘛。」我說。

「對，」他說，「都很不錯。」

「跟我談談你在芝加哥那時候的事吧！」我說。

「噢，我已經跟你說過了嘛！」他說。

「跟我說說你是怎麼結婚的吧。」

「我也跟你說過了。」

「你星期一收到的那封信是她寫來的吧？」

「當然是的。她總是給我寫信。她在那兒賺大錢呢。」

「你要是回去，可有個好地方去了。」

「對。她生意不錯。她賺了不少錢。」

「你不覺得我們談話會把他們吵醒嗎？」我問道。

「不會的，他們聽不見。他們睡得像豬一樣，」他說。「不過我跟他們不一樣。我有些神經質。」

「說話聲音小點吧，」我說。「你想抽支菸嗎？」我們在黑暗中熟練地吸菸。

「你菸抽得不多，上尉先生。」

「不多。我差不多戒了。」

「啊，」他說。「吸菸沒什麼好處。我想，你沒有菸吸，也就不去想它了。你聽說過沒有，從前有個瞎子因爲看不到香菸冒煙，所以不吸菸。」

「我不相信。」

「我也認爲這是胡說八道，」他說。「我也是從什麼地方聽來的。不過姑妄言之而已，這你是知道的。」

我們倆都不說話了，我注意著蠶吃桑葉的聲音。

「你聽見那些該死的蠶嗎？」他問道。「你可以聽見蠶在咀嚼。」

「那很有趣。」我說。

「我說，上尉先生，你睡不著是有什麼心事嗎？我從沒看見你睡覺。打從我跟你在一起，我就沒有看見你夜裡睡著過。」

「我也不知道，約翰，」我說。「從去年早春以來，我就覺得渾身不對勁，夜裡就更加煩惱了。」

「我也一樣，」他說。「我本來不該到這兒來打仗的，我太緊張了。」

「或許你會好起來的。」

「我說，上尉先生，你到這兒來打仗究竟爲的是什麼？」

「不知道，約翰。當時我就是想來。」

「你想來？」他說。「這不成理由呀！」

「我們說話應該小聲點。」我說。

「他們睡得像豬一樣，」他說。「他們不懂英語，他們真是什麼也不懂。戰爭結束以後，我們回到美國，你想幹什麼呀？」

「我想去報館工作。」

「在芝加哥嗎？」

「也許吧。」

「布利斯本這傢伙寫的東西，你讀過嗎？我太太把他寫的文章從報紙上剪下來寄給我。」

「我當然讀過。」

「你會見過他嗎？」

「沒有。不過我看到過他。」

「我倒想跟這傢伙見見面。他文章寫得不錯。我太太看不懂英文書報，不過她還像我在家時一樣，訂閱著英文報紙。她把社論還有體育欄一齊剪下來寄給我。」

「你的孩子們怎麼樣？」

「他們都很好。我有一個女兒在上小學四年級。你要知道，上尉先生，如果我沒有孩子，現在我就不會跟著你當勤務兵了。那他們就要我一天到晚駐守在前線了。」

「你有這樣好的孩子，我聽了可真高興。」

「我也很高興，都是些好孩子呀。不過我想有個男孩。我只有三個女兒，沒有兒子。有個兒子那可是極爲重要的啊。」

「爲什麼你不想辦法睡呢？」

「不，我現在睡不著。我現在很清醒，上尉先生。簡直毫無睡意。不過，你不睡覺，我爲你擔心呀。」

「睡不著，沒關係的，約翰。」

「像你這樣的年輕人，睡不著覺可真少見呀。」

「我會睡得著的，不過還要過些時間。」

「你可要睡覺呀。一個人不睡覺，可活不下去呀。你有什麼擔心的事？你有什麼心事嗎？」

「沒有，約翰，我想我沒有什麼心事的。」

「上尉先生，你應該結婚，結了婚就不會老是憂愁了。」

「那我可不知道。」

「你應該結婚。爲什麼不去找一個又有錢又漂亮的義大利姑娘呢？你要哪個都可以。你年輕漂亮，又得了那麼多勛章。你已受了幾次傷了。」

「義大利話我說不好。」

「你說得很好。管他說得好不好呢。你用不著跟她們多說什麼。跟她們結婚就是了。」

「我要考慮考慮。」

「你不是認識了幾個姑娘嗎？」

「是的。」

「那麼，你就娶那個最有錢的好了。這裡的女人不錯，她們都很有教養，給你作個好妻子是沒什麼問題的。」

「我要考慮考慮。」

「上尉先生，不要考慮了，結婚吧。」

「那好。」

「男大當婚。結了婚你不會後悔的。人人都該結婚。」

「好吧，」我說。「我們還是睡一會兒吧。」

「好，上尉先生。我再試試看，看睡不睡得著。不過，你可要記住我剛才說的話。」

「我會記住的，」我說。「約翰，現在我們睡一會兒吧。」

「好，」他說。「我希望你睡得著，上尉先生。」

我聽見他在鋪在乾草上的幾床毛毯裡翻來覆去，過了一會兒他就靜了下來，我聽見他在均勻地呼吸著，接著他開始打起鼾來。我聽見他鼾聲大作，聽了好一陣子，就不再去聽他打鼾了，而是聽蠶吃桑葉的聲音。蠶不停地吃著桑葉，偶爾也在葉子上拉屎。這時我又有新鮮事可以想了。我在黑暗中躺著，睜大眼睛想到我認識的所有女孩子，她們之中哪個作我的妻子該是怎麼樣呢？我一個一個地設想，覺得真有趣，一時我也顧不了想釣鱒魚的事了，祈禱也受到干擾。最後，我還是想釣鱒魚的事，因爲我覺得我還記得所有的小溪，而每條小溪都有它的新奇之處，至於女孩子，我想到幾個以後印象就模糊了，我記不起她們是什麼樣子，而最後，所有女孩子都模糊不清，差不多是一個樣子，我也就不再想她們了。但我還是繼續祈禱，夜裡我常常爲約翰祈禱，他的那個班在十月攻勢以前已經從前線撤回來了。他不在前線，我很爲他高興，要不是這樣，我是會替他擔心的。

後來過了幾個月，他到米蘭的醫院來看我，見我還沒有結婚，感到十分失望。而我知道，如果他知道一直到現在我都還沒有結婚，他一定更會感到十分難過。他馬上要回美國了，他是對婚姻極有信心的人，認爲結了婚可就萬事大吉了。

◎海明威年表

一八九九年　一歲

七月廿一日出生在伊利諾州的橡樹園，父親為克萊倫斯·愛德門滋·海明威醫生，母親為葛麗絲·赫爾，出身望族，喜好音樂，海明威為六個孩子中的老二。

一九〇一年　二歲

父親給他釣具，夏天全家前往密西根州北端華倫湖畔的別墅度假，自此，海明威每年夏季均與其父親在此釣魚、打獵，留下快樂的回憶。

一九〇九年　十歲

生日那天，父親贈以獵槍，海明威愛不釋手。

一九一三年　十四歲

秋，進橡樹園高中。在學校中，編輯校刊，並於校刊上發表短文，此時已展現文學上的才華。並為游泳、足球選手。

一九一七年　十八歲

四月，美國加入第一次世界大戰，海明威立即志願入伍從軍，但因左眼受傷，未能如願。秋，畢業於橡樹園中學；旋即在堪薩斯市「星報」擔任實習記者。

一九一八年　十九歲

四月，與友人辭去「星報」職務，應徵義大利軍的紅十字會救護車司機。五月末，前往紐約登船，六月，經巴黎至米蘭。七月，腿部被迫擊砲碎片炸成重傷，進米蘭陸軍醫院，約三個月出院，再投效戰場。十一月，大戰結束，義大利政府授以勳章。

一九一九年　二十歲

一月退役。在密西根湖畔度過秋冬，努力寫作。

一九二〇年　二十一歲

擔任加拿大多倫多市「明星報」與「明星週刊」的記者。五月返回美國，發現父母親不和，海明威同情其父，與母親的感情日益疏離。秋，前往芝加哥，認識了日後成為他首任妻子的哈德莉。

一九二一年　二十二歲

與大他八歲的哈德莉從戀愛到結婚，居於多倫多；十二月，擔任「明星報」駐歐特派員，離開美國，前往歐州。

一九二二年　二十三歲

在作家安德森介紹下，往訪巴黎著名女評論家斯坦茵女士，獲得賞識；並結識當時在巴黎的名詩人龐德及作家喬艾斯。秋，赴現場報導土希戰爭及洛桑和平會議消息。其妻哈德莉在赴洛桑與他會合途中，遺失裝有海明威多篇作品初稿的皮箱，令海明威沉痛萬分。

一九二三年　二十四歲

七月，第一本書《三個故事與十首詩》（Three Stories and Ten Poems）在巴黎出版，嶄露頭角。

一九二四年　二十五歲

一月，三十二頁的小冊書《在我們的時代》在巴黎出版。夏，旅行西班牙，觀賞鬥牛，從此對鬥牛念念不忘。

一九二五年　二十六歲

《在我們的時代》（In our Time），美國版由伯尼·李佛萊特公司出版。此書是把巴黎版的小冊書更新並擴大，加入了十四個短篇故事。

一九二六年　二十七歲

五月，海明威的諧謔嘲諷之作《春潮》（The Torrents of Spring），由紐約的查理斯書記之子出版家（Charles Scribner's Sons）出版，也就是後來他一系列作品的出版者。海明威的首部長篇小說《太陽依然昇起》（The Sun Also Rises）在十月出版，為他帶來了如潮湧至的好評。海明威從此成為純文學領域中的暢銷書作家。

一九二九年　三十歲

一月，與哈德莉離婚；與寶琳·費佛結婚。九月，《戰地春夢》（A Farewell to Arms），海明威的第一部獲利成功之作出版：初版八萬本，四個月內銷售一空。十月，出版《沒有女人的男人》（Men Without Women），包括十四個短篇小說，其中有四篇曾在雜誌中發表過。此書奠立了海明威簡潔冷峭的短篇小說風格。

一九三二年　三十三歲

出版報導文學《午後之死》（Death in the afternoon）。隨即又出版震撼文壇的小說集《勝利者一無所獲》（Winner Take Nothing），共十四個故事。

一九三五年　三十六歲

出版《非洲青山》（Green Hills of Africa）。

一九三六年～一九三七年

寫作、演講，並為西班牙內戰的保皇黨募錢。

一九三七年　三十八歲

在西班牙，為北美報業同盟採訪內戰新聞，出版《有錢．沒錢》（To have and have not），包括三個互有關連的故事，其中有兩個曾單獨發表過。另出版《第五縱隊與首批四十九篇故事》（The fifth Column and the first Forty-Nire Stories），其中包括戲劇，以及前三階段發表的短篇小說，再加以七個以前曾經出版過的故事。

一九四〇年　四十一歲

以西班牙內戰為背景的長篇小說《戰地鐘聲》（For Whom the Bell Tolls）出版，是海明威的最佳暢銷書。同年，其妻寶琳．費佛與他離異；他又與女記者瑪莎．傑爾洪結婚。

一九四二年　四十三歲

出版《人在戰爭中》（Men at War）。本書收集了所有有關戰爭的故事，重新出版，並加有海明威的介紹。

一九四二年～一九四五年

投身第二次世界大戰的現場，為報章雜誌擔任戰場採訪任務，並報導歐洲戲劇之爭論。

一九四四年　四十五歲

與瑪莎．傑爾洪離婚；接著與瑪麗．威爾絲結婚。

一九五〇年　五十一歲

寫作了甚久的長篇小說《渡河入林》（Across the River and Into the Tress）出版。

一九五二年　五十三歲

畢生巔峰之作《老人與海》（The old Man and The Sea）發表在「生活雜誌」九月號期刊上。隨即出版單行本，風靡全球，膾炙人口。由此，海明威儼然成為現代文學的傳奇人物。

一九五四年　五十五歲

獲得諾貝爾文學獎。獲獎理由提到「他精擅現代化的敘述藝術，有力而獨創一格」，與海明威同為廿世紀美國文學巨擘、也榮獲諾貝爾文學獎的福克納對他推崇備至，稱譽海明威的作品是「文學界的奇蹟」。

一九六〇年　六十一歲

長年積勞，一邊奔波忙碌，一邊埋首寫稿，海明威的身體出現病徵，入明尼蘇達州羅徹斯特醫院接受電擊治療。

一九六一年　六十二歲

一月出院，四月底再次入院，六月末又堅持出院。七月二日凌晨，被發現死在自宅樓下的槍架前，一般認為係屬自殺。

海明威精品集

沒有女人的男人

作　者：海明威
譯　者：秦懷冰
出版者：風雲時代出版股份有限公司
出版所：風雲時代出版股份有限公司
地址：105台北市民生東路五段178號7樓之3
風雲書網：http://www.eastbooks.com.tw
官方部落格：http://eastbooks.pixnet.net/blog
信箱：h7560949@ms15.hinet.net
郵撥帳號：12043291
服務專線：(02)27560949
傳真專線：(02)27653799
執行主編：朱墨菲
封面設計：楊佳璐
法律顧問：永然法律事務所 李永然律師
　　　　　北辰著作權事務所 蕭雄淋律師

初版日期：2011年8月
ISBN：978-986-146-797-9

總 經 銷：成信文化事業股份有限公司
地　　址：台北縣新店市中正路四維巷二弄2號4樓
電　　話：(02)2219-2080

行政院新聞局局版台業字第3595號 營利事業統一編號22759935

定價：180元

國家圖書館出版品預行編目資料

沒有女人的男人／海明威作；秦懷冰譯. -- 初版. --
臺北市：風雲時代，2011.06 面；公分

譯自：Men without Women
ISBN 978-986-146-797-9（平裝）

874.57　　　　　　　　　　100009816